신명나는 우리 축제

 **3학년 1학기 사회**
2. 고장의 자랑 (3) 고장의 행사
3. 고장의 생활과 변화 (4) 고장의 문화유산

 **3학년 2학기 사회**
3. 다양한 삶의 모습
   (3) 세계 여러 나라의 명절과 기념일

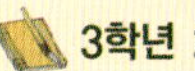 **4학년 1학기 사회**
1. 우리 지역의 자연환경과 생활 모습
   (3) 우리 지역의 생활 모습
3. 더불어 살아가는 우리 지역
   (3) 더욱 가까워지는 지역들
   (5) 우리 지역의 안내도

 **5학년 1학기 사회**
1. 하나 된 겨레
2. 다양한 문화를 꽃피운 고려
3. 유교 전통이 자리 잡은 조선

신명 나는 우리 축제

우리누리 글 • 김미정 그림

주니어중앙

어린이가 꿈을 키우는 터전

꿈 많은 어린 시절엔 장대한 역사와 위대한 문화유산에 관한
책을 읽는 것이 좋다.
거기에는 어린이가 꿈을 키우는 터전이 있기 때문이다.
감수성 예민한 어린 시절엔 흥미로운 그림을 통하여
재미있게 이야기를 풀어간 책이 좋다.
그것은 시각적 인식을 통해 어린이의 상상력을 자극하기 때문이다.
『오십 빛깔 우리 것 우리 얘기』는 이런 필요조건을 갖춘
고급 어린이 교양도서라 할 만한 것이다.

유홍준

(전 문화재청장, 현 명지대 교수,
『나의 문화유산 답사기』 저자)

이 책을 추천해 주신 선생님들

● 전래놀이, 풍속과 관련된 수업에 활용하고 있습니다. 옛 풍속과 관련해서 요즘에는 잘 사용하지 않는 용어들이 있어서 아이들이 어려워하는데, 이 책에는 사진 자료와 함께 쉽고 정확하게 설명이 되어 있어 아이들이 이해하기 쉽게 되어 있습니다.
— 손영수 선생님(가사초등학교)

● 아이들이 우리의 전통문화를 쉽게 접할 수 있도록 도움을 주는 소중한 자료입니다. 우리 학교의 독서 퀴즈 대회에서 매년 사용하는 책이랍니다.
— 성주영 선생님(도당초등학교)

● 우리의 옛 풍습과 문화, 관혼상제 등에 대해 자세히 설명되어 있어 수업을 하기 전에 미리 읽어 오라고 하는 도서입니다.
— 전은경 선생님(용산초등학교)

● 우리의 문화와 역사를 초등학생들이 이해하기 쉽도록 재미있는 옛이야기로 풀어낸 점이 가장 마음에 듭니다. 초등 교과와 연계된 부분이 많아 학교 수업에 많이 활용하는 도서입니다.
— 한유자 선생님(삼일초등학교)

김임숙 선생님(팔달초)　　조윤미 선생님(화양초)　　이경혜 선생님(군포초)　　염효경 선생님(지동초)

오재민 선생님(조원초)　　박연희 선생님(우이초)　　박혜미 선생님(대평중)　　이진희 선생님(수일초)

최정희 선생님(온곡초)　　정경순 선생님(시흥초)　　박현숙 선생님(중흥초)　　김정남 선생님(외동초)

이광란 선생님(고리울초)　　김명순 선생님(오목초)　　신지연 선생님(개포초)　　심선희 선생님(상원초)

문수진 선생님(덕산초)　　정지은 선생님(세검정초)　　정선정 선생님(백봉초)　　김미란 선생님(둔전초)

김미정 선생님(청덕초)　　조정신 선생님(서신초)　　김경아 선생님(서림초)　　김란희 선생님(유덕초)

정상각 선생님(대선초)　　서흥희 선생님(수일중)　　윤란희 선생님(안산시근로자시민문화센터어린이도서관)

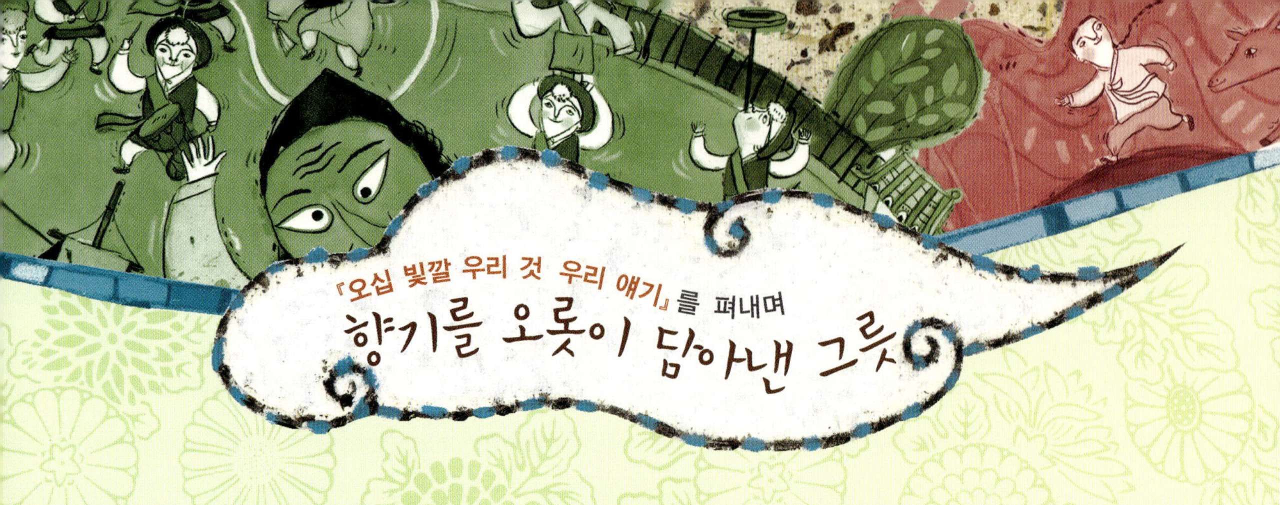

『오십 빛깔 우리 것 우리 얘기』 시리즈가 처음 출간된 지 어느덧 16년이 되었습니다. 그동안 수많은 어린이와 부모님, 그리고 선생님들의 사랑을 받으며 전 50권이 완간되었고, 어린이 옛이야기 분야의 고전(古典)이자 스테디셀러로 굳건히 자리매김해 왔습니다.

이 시리즈는 '소중히 지켜야 할 우리 것'에 대한 이야기를 어린이를 위해 '쉽고 재미있게' 풀어쓴 책입니다. 내용으로는 선조들의 생활과 풍습 이야기, 문화재와 발명품 이야기, 인물과 과학기술·예술작품 이야기, 팔도강산과 고유 동식물 이야기 등 우리나라 역사와 전통문화 모든 영역을 총망라하고 있습니다. 그리고 이를 50가지 주제로 엮어 저학년 어린이도 얼마든지 볼 수 있도록 맛깔나는 옛이야기로 담아냈습니다. 장대한 역사와 위대한 문화유산을 배우기에 옛이야기만큼 좋은 형식도 없기 때문입니다.

대한민국 국민으로서 알아야 하고 전해야 할 우리 것, 우리 얘기는 아주 많습니다. 그동안 이 시리즈를 통해 많은 어린이가 우리 것을 알게 되고, 우리 얘기를 사랑하게 되었을 것입니다. 시간이 흘러도 역사와 전통문화의 향기는 변하지 않기 때문입니다.

하지만 저희는 그 향기를 담아내는 그릇이 그간 색이 바래고 빛을 잃었다는 사실에 가슴이 아프고 안타까웠습니다. 그래서 책에서 전하는 우리 것의 향기를 오롯이 담아낼 수 있는 새로운 그릇을 찾고자 하였습니다. 그 그릇을 통해 향기가 더욱 그윽해지고 멀리까지 퍼져서 수백 년, 수천 년 전의 우리 것이 오늘날에도 살아 숨 쉴 수 있도록 생명력을 주고자 하였습니다.

이에 몇 가지 원칙을 가지고 『오십 빛깔 우리 것 우리 얘기』 시리즈를 새롭게 출간하게 되었습니다.

◎ 원작이 가지는 옛이야기의 맛과 멋을 그대로 살렸습니다.

◎ 요즘 독자들의 감각에 맞추어 디자인과 그림을 50권 전권 전면 개정하였습니다.

◎ 교과 학습의 길잡이가 될 수 있도록 연계 교과를 표시하였습니다.

◎ 학습정보 코너는 유익함과 재미를 함께 줄 수 있도록 4컷 만화, 생생 인터뷰,
  묻고 답하기 등으로 내용을 재구성하였고, 최신 정보와 사진을 수록하였습니다.

◎ 도표, 연표, 역사신문, 체험학습 등으로 권말부록을 풍성하게 꾸며서
  관련 교과 학습을 강화하였습니다.

이 책을 처음 읽었을 8살 꼬마 독자는 지금쯤 나라와 민족에 긍지를 가진 25살 자랑스러운 대한민국 청년이 되었을 것입니다. 그 청년이 부모가 되어서도 자녀에게 다시 권할 수 있는 그런 책이 되기를 바라며, 이 시리즈를 오십 빛깔 그릇에 정성껏 담아 내어놓습니다.

주니어중앙

신 나는 전통 축제 속으로

일 년 내내 우리나라 방방곡곡에서 굉장히 많은 축제가 열려요.

우리의 전통 축제는 오랜 역사를 통해서 하나하나 정성스럽게 쌓아 놓은 탑과 같아요. 우리 조상들의 생활이 모이고, 마을에 전해 내려 오는 이야기가 모이고, 역사를 이어가는 자손들이 모여서 하나의 축 제가 만들어지거든요.

우리들이 살아가는 모습이 다양한 것처럼 축제의 모습도 무척 다채 로워요. 이 땅에 사람이 처음 살기 시작한 구석기 시대를 기념하는 축 제부터 풍년을 기원하는 축제, 아름다운 사랑을 기리는 축 제, 우리 가락과 춤이 있는 축제, 옛 놀이를 볼 수 있는 축제, 향기로운 꽃 축제, 훌륭한 우리 조상을 기리는 축제 등이 있지요.

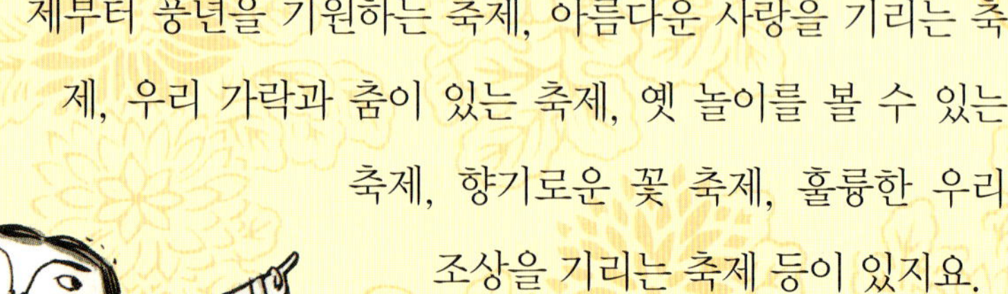

　함께 어우러져 살아가는 우리 조상들의 다정한 마음은 지금 우리
마음 깊은 곳에도 전해지고 있어요.
　그걸 어떻게 아냐고요?
　그건 우리 역사와 전통이 깃들어 있는 전통 축제를 찾아가 보면 알
수 있어요. 넓은 마당에서 펼쳐지는 '덩덕쿵' 흥겨운 풍물놀이에 저
절로 어깨가 들썩이고, 마음이 콩닥거릴 거예요. 풍물패와 수많은 사
람들이 어우러지는 신 나는 축제 마당에서 두근두근 설렘과 정겨움
도 느끼게 되지요. 그건 우리 조상들의 피가 우리 몸에도 흐르고 있기
때문이에요.
　내 마음의 뿌리를 알고 싶다고요? 그럼, 흥겨운 전통 축제를 찾아
가 보세요!

어린이의 벗 우리누리

차례

서낭신과 산신을 위한 제사

강릉 단오제

강릉 대관령에는 매우 아름다운 아가씨가 살고 있었어요.

어느 날, 아가씨는 아침 일찍 절에 가서 기도를 드리고 집으로 돌아오고 있었어요. 오래 걸어서 그런지 목이 무척 말랐지요.

"어머! 오늘 따라 샘물이 유난히 맑아 보이네!"

아가씨는 침을 꿀꺽 삼키며 길가에 있는 샘물을 바가지로 떴어요. 그런데 바가지 안에 눈부신 해가 둥실 떠있었어요.

"이상하네. 이렇게 눈부신 샘물은 처음 봐."

아가씨는 샘물을 버리고 다시 떴어요. 하지만 몇 번을 다시 떠도 바가지에는 눈부신 해가 밝게 빛나고 있었지요. 아가씨는 너무 목이 말라 샘물을 그냥 마셔 버렸어요.

그 후로 얼마가 지나자, 아가씨의 배가 불러오기 시작했어요. 마을 사람들은 처녀가 아기를 가졌다고 수군거렸지요. 마을에 떠도는 소문을 듣게 된 아가씨의 어머니는 무척 화가 났어요. 어머니는 딸을 불러다 앉혀 놓고 호랑이처럼 무서운 얼굴로 물었어요.

"애야! 도대체 어찌 된 일이냐? 네가 임신을 했다니?"

"저도 모르겠어요. 어찌 된 일인지 황금처럼 빛나던 샘물을 마신 후로 자꾸만 배가 불러 와요. 어떡하면 좋아요. 흑흑."

아가씨는 참고 있던 눈물을 뚝뚝 흘렸어요. 어머니는 바닥에 주저앉아 한숨을 길게 내쉬었어요.

달님이 환하게 아가씨의 집을 비추던 날 밤, 아가씨는 사내아이를 낳았어요. 어머니는 갓 태어난 아기를 작은 이불에 싸서 마을 뒷산에 있는 학 바위에 내다 버렸어요. 나중에 그 사실을 알게 된 아가씨가 엉엉 울며 집을 뛰쳐나왔어요.

"아가, 제발 살아만 있어 다오!"

아가씨는 간절한 마음으로 허겁지겁 학 바위로 달려갔어요. 학 바위에 도착한 아가씨는 깜짝 놀랐어요. 산짐승에게 잡아먹혔으면 어쩌나 했는데 여러 마리 학들이 아기를 돌보고 있었지 뭐에

요. 아가씨는 아기가 특별하다는 것을 알게 되었어요.

아가씨는 아기를 집으로 데리고 와서 정성을 다해 키웠어요. 아이는 공부도 열심히 하고 남을 돕는 일에도 발 벗고 나섰어요. 지혜롭고 마음이 따뜻한 아이는 자라서 스님이 되었어요. 그리고 '범일'이라는 불교 이름도 갖게 되었지요. 열심히 도를 닦은 범일 스님은 세상의 이치를 깨닫게 되었어요. 그래서 우리나라 사람들은 물론, 중국 사람들에게도 크게 존경을 받았어요.

온 나라에 범일 스님의 소문이 나자 왕은 스님을 자기의 스승인 '국사'로 삼았어요.

"임금은 수많은 백성의 아버지입니다. 어찌 백성의 아버지가 되어 백성들을 돌보는 일을 게을리 할 수 있겠습니까?"

국사는 왕의 잘못된 행동을 따끔하게 꼬집어 주었어요. 그럴 때마다 왕은 반성을 하고 나라를 다스리는 일에 몰두할 수 있었지요. 국사가 날카로운 눈으로 왕에게 충고를 아끼지 않는 것은 백성들을 소중하게 생각했기 때문이에요. 백성들도 그 마음을 알고 국사를 아버지처럼 존경했지요.

세월이 흐르고 나이를 먹자 국사가 병에 걸렸어요. 평생을 백성들을 위해 부지런히 산 국사에게 남은 것이라고는 옷 한 벌과 붓,

책 몇 권이 전부였지요. 하지만 그것만으로도 충분히 행복해 보였어요.

그러던 어느 날이었어요. 젊은 스님이 손님을 데리고 국사의 방 앞에 섰지요.

"큰스님, 손님이 찾아오셨습니다!"

하지만 방에서는 아무 대답이 없었어요.

"큰스님!"

젊은 스님이 다시 한 번 불러 봤어요. 그래도 대답이 없자, 방문을 살며시 열어 보았지요. 국사는 바른 자세로 앉아서 눈을 감고 인자하게 웃고 있었어요.

"큰스님, 멀리서 손님이 오셨습니다."

젊은 스님이 다시 한 번 말했지만 국사는 아무런 대답도 하지 않았어요. 자세히 보니 국사의 얼굴과 몸이 창백하고 딱딱하게 굳어 있었어요.

"엉엉, 큰스님!"

젊은 스님은 서글프게 울부짖었어요. 국사는 세상을 떠날 때를 준비한 듯 물건을 가지런히 정리해 두었어요. 그리고 바르게 앉아 웃는 얼굴로 이 세상을 떠나갔어요.

범일 국사의 갑작스런 죽음에 온 백성이 슬픔에 빠지고 말았지요.

"범일 국사가 돌아가셨대!"

"아이고, 이제 누구를 의지하고 살아가나!"

갑작스런 국사의 죽음에 사람들은 큰 충격에 빠졌어요. 희망을 잃어버린 듯 마음이 허전했지요.

"걱정 말게! 국사는 돌아가셨지만 살아 계실 때처럼 우리를 돌봐 주실 테니까."

"암, 그렇고 말고! 대관령에서 우리를 지켜 주실 거야."

사람들은 범일 국사가 서낭신이 되어 마을을 지켜줄 거라고 믿기 시작했어요. 그래서 추운 겨울이 지나고 농사일로 활기를 찾는 음력 4월이 되면 강원도 강릉에서는 국사 서낭신에게 제사를 지내요. 처음에는 제사만 지내던 것이 오랜 시간이 흘러 '강릉 단오제' 라는 이름의 커다란 축제가 되었지요.

해마다 음력 4월 5일부터 5월 7일까지 국사 서낭신을 위한 여러 행사를 해요. 국사 서낭신과 영혼결혼식을 한 여국사 서낭신, 그리고 대관령 산신이 되었다고 믿는 김유신 장군에 관련된 행사도 치러요. 그럼 강릉 단오제의 가장 큰 행사인 국사 서낭신에게 지내는 제사를 살펴 볼까요?

"두둥! 깨갱깽깽!"

꽹과리, 징, 북, 장고, 나팔 등 악기를 연주하는 사람들이 흥을 돋우며 발길을 재촉해요. 화려한 옷을 입은 무당과 제사를 지낼 관리들, 신에게 바칠 제물을 들고 마을 사람들이 국사 서낭신이 있는 대관령을 향해 줄지어 가지요.

많은 사람들이 구불구불 비탈진 대관령 길을 걸어가는 모습이 아주 장관이에요. 알록달록 고운 한복 자락은 파릇파릇한 나뭇잎과 함께 산들바람에 나부끼거든요.

대관령에 도착한 사람들은 정성을 다해 제사를 지내요.

"국사 서낭신님! 부디 모든 이들의 농사가 잘되게 해 주세요."

“국사 서낭신님, 큰 고통과 걱정이 없도록 보살펴 주시옵소서!”
마지막으로 사람들이 제물을 바치며 각자의 소원을 비는 것으로
제사는 끝나요.

강릉 단오제는 신에게 제사만 지내는 것이 아니에요. 따뜻한 봄 날에 어울리는 놀거리와 볼거리가 가득 하지요. 또한 그네, 씨름 등 여러 가지 신 나는 단오 행사들도 즐길 수 있어요.

여러 가지 행사 중에서도 빼먹지 말고 꼭 구경해야 할 것이 있어요. 바로, '관노가면극' 이에요. 관노가면극은 나라의 노비들이 가면을 쓰고 했던 공연을 말하는데 대사 없이 하는 가면극으로 양반과 각시의 사랑 이야기로 시작되지요. 하지만 둘의 사이에 못된 훼방꾼이 나타나서 각시를 데려가 버려요.

"아이고! 어쩌나! 저 처녀를 데리고 가네!"

"데려가지 마!"

가만히 지켜보던 구경꾼들은 안타까운 마음에 소리치지만 걱정할 것 없어요. 결국에는 양반과 각시가 다시 만나 사랑을 하게 되니까요. 공연이 끝나면 사람들은 마치 자기 일인 것처럼 기뻐서 박수를 쳐요. 농사일에 지쳐있던 사람들 마음을 위로해 주는 관노가면극은 조상들의 삶이 깃든 소중한 유산이에요.

이처럼 강릉 단오제를 통해서 우리 조상들의 다양한 문화가 지금까지 잘 전해지고 있어요. 그래서 강릉 단오제는 우리나라는 물론이고 세계적으로도 유명한 축제가 되었지요. 유네스코에서는

강릉 단오제를 소중히 지켜야 할 '인류 구전 및 무형유산 걸작'으
로 지정했어요. 천년을 이어온 우리 축제에 세계 여러 나라 사람
들이 관심을 갖고 있다니, 앞으로도 소중히 지켜나가야 해요.

대구 약령시 한방 문화 축제

　우리 조상들은 서양 의학이 들어오기 전에는 한의학으로 사람들의 병을 치료했어요.

　한의학에서는 정성과 좋은 약재를 무엇보다 중요하게 생각해요. 똑같은 약초라 해도 품질이 좋은 약초가 제대로 된 효능을 발휘하거든요.

　예로부터 대구 약령시는 좋은 한약 재료를 구하려는 사람들로 북적거렸어요. 우리나라뿐만 아니라 중국, 일본, 몽고 등 세계 여러 나라 사람들이 좋은 약초를 찾아 대구 약령시로 몰려들었지요. 대구 약령시는 우리나라를 대표하던 한약 무역 지역이었어요.

　350년의 한방 문화 역사를 가지고 있는 대구 약령시에서는 매년 5월 초에 '한방 문화 축제'를 열어요.

　한방 문화에 대한 전통을 이어가는 뜻 깊은 축제랍니다.

　대구 약령시에 축제가 열리면 많은 사람들이 찾아와요.

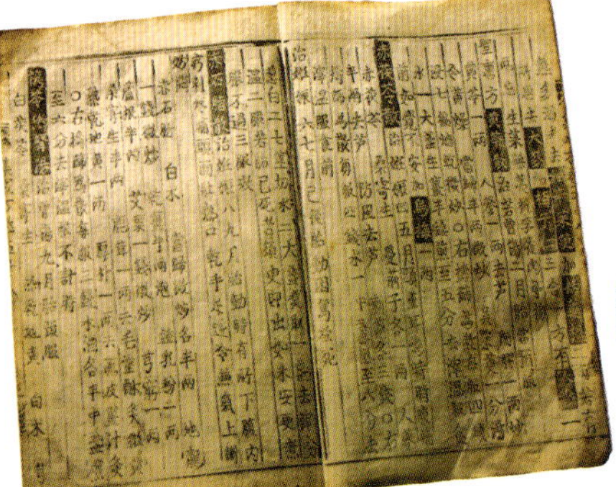

향약집성방

　　사람들이 모인 가운데 큰북을 여섯 번 치는 것으로 축제를 시작해요. 축제 때는 품질 좋은 약재를 선별하는 대회와 왕에게 약을 바치던 모습을 재현하는 행사가 커다란 볼거리랍니다.

　　한방 문화 축제인 만큼 축제에 참여한 사람들의 건강도 체크해 줘요. 그리고 몸에 좋은 한방 떡을 만들어 보기도 하고, 허준을 뽑는 대회도 열리지요. 한방 유물이 전시되어 있는 전시관도 둘러보고, 아름답게 꾸며진 약초 꽃동산도 살펴 볼 수 있답니다.

　　우리나라에 어떤 약초가 자라는지 궁금하다면 대구 약령시 한방 문화 축제에 가보세요. 거리에서 물씬 풍기는 진한 한약 냄새만으로도 온몸이 건강해지는 것 같답니다.

우리 민족의 시작
연천 구석기 축제

늑대가 우는 환한 달밤이었어요. 원시 소년 고미네 가족이 살고 있는 동굴까지 환한 달빛이 비추었어요. 구석기 시대에는 추위와 비, 무서운 동물을 피할 수 있는 동굴에서 주로 살았어요. 고미는 잠이 오지 않아 자꾸만 몸을 뒤척였지요.

"고미야! 어서 자! 내일 아침 일찍 사냥 가야지!"

아빠는 졸린 목소리로 고미에게 말했어요. 고미는 대답을 하고 다시 누웠지만 도무지 잠이 오지 않았어요. 그래서 큰 눈을 깜빡이며 부모님이 벽에 그려 놓은 그림을 보았어요. 구석기 시대 사람들은 힘센 동물을 벽에 그려 놓아야 동물도 많이 잡고, 안전하게 지낼 수 있다고 믿었거든요. 고미는 그림을 보며 이런저런 생각을 하고 있었어요.

그때였어요. 그림이 그려져 있던 벽에서 돌멩이가 부스스 떨어졌어요.

"어? 동굴이 무너지려나 봐요!"

고미의 말에 깜짝 놀라 일어난 아빠는 눈을 동그랗게 뜨고 엄마를 흔들어 깨웠어요.

그 순간, 더 큰 돌멩이들이 쏟아져 내렸고 동굴 안은 금세 먼지로 가득찼어요.

"이런, 어서 짐을 챙겨!"

고미의 가족들은 깔고 있던 동물의 가죽과 돌로 만든 도구들을 챙겨서 밖으로 나왔어요. 고미네 가족들이 동굴 밖으로 나오자마자 동굴은 흔적도 없이 무너져 버렸어요.

"고미가 아니었으면 큰일 날 뻔했구나!"

고미는 아빠에게 칭찬을 들으니 기분이 좋았어요. 하지만 다시 새로운 동굴을 찾아야 한다고 생각하니 저절로 한숨이 나왔어요. 구석기 시대 사람들은 자주 이사를 다녀요. 집 주변에 식량으로 사용할 동물과 열매가 부족해지면 다른 곳으로 이사를 가거든요.

"이번에는 어디로 갈까? 해가 뜨는 쪽으로 가는 게 좋겠어."

아빠는 짐을 어깨에 척 걸치고는 앞장서서 갔어요.

"얘들아, 사나운 동물이 덤빌지 모르니까 잘 따라와!"

엄마는 아직 아기인 막내를 안고 걸어가며 말했어요. 고미와 여동생은 주먹도끼와 동물 뼈를 들고 뒤따랐어요. 구석기 시대에는 돌이나 동물 뼈로 간단한 도구를 만들어 사용하기 시작했어요.

고미의 여동생은 아직 잠이 덜 깼는지 연신 하품을 했어요.

"스르륵 스르륵."

"으악!"

여동생은 하품을 하느라 커다란 뱀이 다가오는 것도 모르고 있었나 봐요.

뱀이 순식간에 다가오자 동생은 겁이 나서 자리에 주저앉고 말았어요. 고미는 아빠를 부르려고 했지만 아빠와 엄마는 저 멀리 앞에서 걸어가고 있었어요. 고미는 동생을 구해야 한다고 생각해서 주먹도끼를 손에 꽉 쥐었어요. 가까이에서 보니 뱀은 고미의 키보다도 더 길었지요. 고미는 용기를 내서 주먹도끼로 뱀을 내리쳤어요.

"크아!"

뱀은 크게 소리치고는 고미의 발을 물더니 꿈틀대며 수풀 속으로 사라져 버렸지요.

고미와 동생이 따라오지 않자 아빠가 뒤돌아 왔어요.

"뱀이 오빠 발을 물었어요."

동생이 눈물을 글썽이며 아빠에게 말했어요. 고미는 발목을 잡으며 아파했지요.

"이런!"

아빠는 재빨리 주변에서 약초를 찾아왔어요. 아빠는 입으로 독을 빨아내고 약초를 으깨서 상처에 붙였어요.

고미의 가족은 다시 길을 떠났어요. 고미는 한쪽 발을 절룩거리며 따라 갔지요. 여동생은 다리가 아픈지 투덜거리기 시작했어요. 사실 가족 모두가 지쳐있었어요. 제대로 먹지도 못하고 벌써 며칠째 돌아다니고 있거든요.

“안전하고 먹을 것이 많은 곳을 찾아야 한동안 편하게 살지!”

엄마는 여동생을 다독였어요.

“여기가 좋겠어!”

멀리서 아빠가 소리쳤어요. 그곳에는 햇볕이 잘 드는 아늑한 동굴이 있었어요.

“야호!”

고미와 여동생은 좋아서 소리쳤어요. 가족들은 동굴 안으로 들어가서 짐을 풀었어요.

“고미야, 이 앞에 있는 강에 가서 물고기 좀 잡아 오자!”

아빠와 고미가 돌을 깨서 만든 창을 들고 밖으로 나갔어요. 가을이라 그런지 강물이 좀 차가웠어요.

“잡았다!”

고미는 뾰족한 돌멩이가 달린 창을 던져서 물고기를 잡았어요. 꽤 커다란 물고기였지요. 아빠가 세 마리, 고미가 한 마리, 모두 네 마리의 물고기를 잡아서 동굴로 돌아왔어요. 엄마는 작고 날카로운 코뿔소의 뼈로 물고기를 손질했어요. 구석기 사람들은 가축을 키우거나 식물을 재배하는 방법을 몰랐어요. 그래서 자신들이 만든 도구를 이용해서 물고기나 동물을 잡아먹거나 열매를 따먹었어요.

　새로운 집에서 맛있는 저녁을 먹은 고미네 식구들은 기분이 좋았어요. 엄마는 동물의 뼈로 벽에 그림을 그리기 시작했어요. 힘이 센 동물도 그리고 태양도 그렸지요.

　"정말 멋지군! 사나운 동물들도 이 그림을 보면 무서워서 도망가겠어!"

　아빠는 엄마의 그림 솜씨를 칭찬해 주었어요. 하지만 고미는 가만히 누워서 아무 말이 없었어요.

　엄마가 고미의 이마를 만졌어요. 고미의 몸은 불덩이처럼 뜨거웠어요. 아무래도 뱀에게 물린 것이 잘못되었나 봐요. 아빠는 약초를 구하러 밖으로 뛰어나갔어요. 엄마는 고미의 이마를 쓰다듬더니 벽화를 보며 빌었어요.

　"제발 우리 고미가 아프지 않게 해 주세요!"

　아빠는 약초를 들고 돌로 으깨서 고미의 상처에 발랐어요. 그리고 약초의 즙을 고미에게 먹이기 시작했어요. 고미는 힘없이 눈을 감았어요. 고미의 몸에서는 여전히 심하게 열이 났어요. 그날 밤, 부모님은 한숨도 자지 못하고 기도를 드렸어요.

　다음 날 아침, 고미의 씩씩한 목소리가 동굴에 울려 퍼졌어요.

“아빠, 엄마! 저 다 나았어요.”

“다행이다, 정말 다행이야!”

엄마와 아빠의 피곤한 얼굴에 웃음꽃이 피었어요. 고미는 위험한 떠돌이 생활을 해야 했지만 사랑하는 가족들이 있어서 행복했답니다.

우리나라에 사람이 살기 시작한 것은 약 70만 년 전 부터예요. 이때를 구석기 시대라고 불러요. 구석기 시대에는 고미네 가족처럼 동굴이나 고깔 모양의 움집에서 살았어요. 그리고 돌이나 동물의 뼈를 도구로 사용했지요.

그런데 그렇게 오래전부터 사람이 살았다는 것을 어떻게 알았을까요? 그것은 구석기 시대의 유물과 유적들로 알 수 있어요. 깊은 땅속에 감춰져 있던 동물의 뼈나 사람들이 사용했던 도구들이 구

석기 시대의 모습을 고스란히 전해 주거든요.

우리나라에서 구석기 유물과 유적이 발견된 곳은 많아요. 그중에서도 대표적인 곳은 경기도 연천군 전곡리예요. 전곡리에서는 구석기 시대의 주먹도끼가 많이 발견되었어요.

이런 이유로 전곡리 선사 유적지에서는 매년 5월에 축제가 열려요. 어린이날 즈음 열리는 '구석기 축제'는 어린이들이 참여할 수 있는 재미있는 행사들이 많아요. 유적지를 직접 살펴보고 구석기 시대의 생활을 체험할 수도 있지요.

구석기 시대의 옷과 장신구, 사냥하는 모습 등을 재현한 행진을 보면서 그 시대의 생활을 알 수 있어요. 구경만 하는 게 재미없다면 직접 돌을 깨뜨려서 석기를 만들거나 짚을 모아 움집을 만들어 볼 수도 있지요. 그리고 선사 시대 옷을 입고 꼬마 돼지 잡기, 벽화 그리기, 불 피우기를 하다 보면 타임머신을 타고 과거로 여행을 간 느낌이 들 거예요. 그 밖에도 유적 찾기 놀이와 열기구 타기 등 다양한 행사가 어린이들을 기다리고 있답니다.

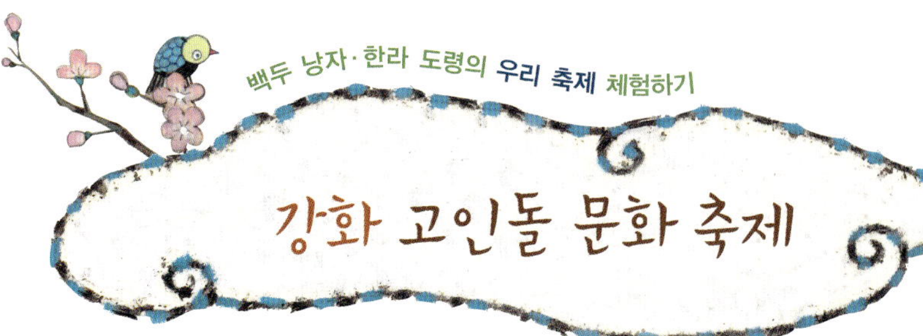

강화 고인돌 문화 축제

아주 먼 옛날 무덤이 어떤 모양일지 생각해 본 적이 있나요?

선사 시대에는 사람이 죽으면 그 시신을 땅에 묻고 커다란 바위로 기둥을 세운 뒤에 기둥 위에 덮개돌을 덮었지요.

이런 무덤을 '고인돌'이라고 하는데 크기가 클수록 지위가 높은 사람이랍니다. 우리나라 강화도에는 구석기 시대의 고인돌이 많은데 덮개돌이 80톤이나 되는 커다란 것도 있어요.

고인돌은 북방식과 남방식으로 나눌 수 있어요.

북방식은 땅에 묘를 만든 뒤 그 위에 돌을 올리는데 한반도 중부 이북 지역에 많아요. 남방식은 지하에 묘를 만들어 그 위에 돌을 괴는데 한반도 중부 이남 지역에 많지요.

남방식 고인돌

북방식 고인돌

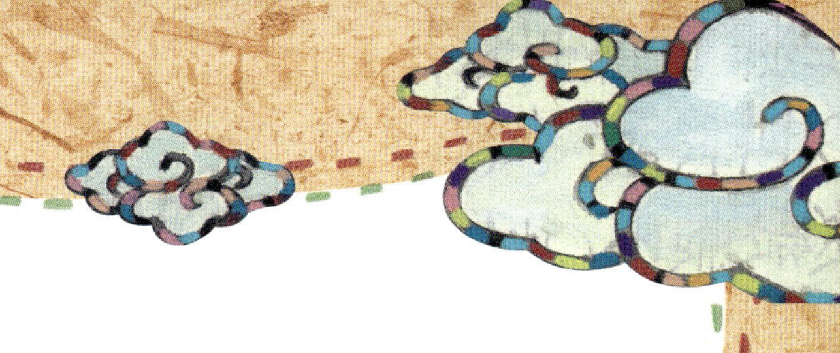

　강화도 고인돌 유적은 유네스코가 지정한 세계 문화유산으로 등록되었어요. 그 정도로 의미 있는 유적이에요.

　그래서 강화도에서는 매년 가을, '고인돌 문화 축제'를 열고 있지요.

　강화 고인돌 문화 축제에 참가하면 흙으로 그릇도 만들고, 원시 사냥 대회, 움집 만들기, 불 피우기 등 다양한 원시 문화를 체험할 수 있어요. 또한 고인돌을 만드는 과정을 직접 보거나 참가할 수도 있답니다.

　더불어 색다른 경험도 할 수 있는데, 행사장에서 조금만 가면 갯벌이 있어요. 축제를 모두 즐긴 뒤 갯벌에 사는 동물·식물도 직접 만나볼 수 있으니 일석이조랍니다.

강화도 고인돌 문화 축제

들에 일렁이는
황금 물결
김제 지평선 축제

"이 일을 어째! 논이 물에 잠겼으니 내년에는 쫄쫄 굶어야
겠어. 아이고!"

"저수지를 지키는 백룡이 못된 청룡에게 지고 말았다지 뭐야.
그래서 벽골제가 무너졌대."

"그러니까 제사를 지내서 청룡을 달래야 해. 그렇지 않으면 청
룡이 벽골제를 모조리 부숴 버릴 거야."

저수지를 수리하려고 모였던 사람들은 손을 놓고 수군거렸어요.
고쳐 봐야 청룡이 나타나 망가트릴 게 뻔하니까요.

넓은 평야가 있는 김제에서는 농사를 많이 지었어요. 농사에 필

요한 물을 대기 위해 '벽골제' 라는 커다란 저수지 둑도 만들었지
요. 벽골제는 이쪽 끝에서 저쪽 끝까지 가려면 1,900걸음이나 걸
어야 할 만큼 길었어요. 흙과 나무로 만든 벽골제는 자주 무너져
내렸어요. 벽골제가 무너지면 엄청난 물이 쏟아져 나와 애써 가꾼
논과 집이 물에 잠겨 버렸지요. 사람들은 벽골제가 자꾸 무너지는

것이 저수지에 사는 청룡 때문이라고 생각했어요. 벽골제에는 마을을 지키는 백룡과 성질이 사나운 청룡이 함께 살고 있었어요. 그런데 못된 청룡이 백룡을 물리치고 벽골제를 차지한 거예요. 청룡은 화가 나면 폭풍을 몰고 와서 벽골제를 무너트렸거든요.

"태수 나리! 어서 용추제를 지내시는 게 좋을 듯합니다. 모두들 너무 불안해하고 있어요."

벽골제를 관리하는 신하의 말에 태수는 인상을 찌푸리며 말했어요.

"아무래도 그래야 할 것 같네. 청룡에게 제사를 지내야 사람들도 안심할 테니까."

"아버님, 용추제를 지내려면 처녀를 제물로 바쳐야 해요. 믿을 수 없는 전설 때문에 살아있는 여자를 제물로 바치는 것은 어리석은 일이에요. 조금만 더 기다리면 원덕랑님이 저수지를 고쳐 주실 거예요."

옆에서 듣고 있던 태수의 딸, 단야는 얼굴을 붉히며 말했어요.

"하지만 얘야, 사람들이 이번 폭풍우로 또다시 둑이 무너지니까 아예 일을 하려고 들지 않는구나. 이대로 두었다가는 김제의 쌀을 먹고사는 수많은 사람들이 굶게 될지도 몰라."

아버지의 말에 단야 아가씨도 어찌할 수 없었어요.

고개를 떨구고 다른 방법을 찾기 위해 방으로 갔어요. 단야 아가씨의 발걸음은 어느 때보다 무거웠어요. 누구보다 농민을 아끼고 사랑했거든요.

신하가 태수에게 바짝 다가와서 작은 목소리로 속삭였어요.

"지금 이런 말씀을 드려도 될지 모르겠습니다만, 원덕랑의 약혼자가 이곳에 와 있다고 하옵니다."

"뭐야? 약혼자?"

태수는 신하의 말에 깜짝 놀랐어요. 원덕랑은 젊은 나이였지만 벽골제 공사를 맡아 척척 잘 이끌어 갔어요. 태수는 그런 원덕랑이 마음에 들었어요. 그래서 자신의 딸과 결혼을 시켜야 겠다고 생각했거든요. 그런데 결혼을 약속한 처녀가 있다니 무척 화가 났어요.

태수의 마음을 알고 있는 신하는 섬뜩한 웃음을 지으며 말했어요.

"농민들의 마음을 안심시켜서 벽골제도 고치고, 원덕랑도 놓치지 않을 방법을 제가 찾아보겠습니다."

다음 날 늦은 밤, 그 신하가 태수를 다시 찾아왔어요.

"무당에게 이야기를 해 놓았습니다. 청룡에게 바칠 제물로 원덕 랑의 약혼녀를 지목하라고 말입니다요."

용추제를 지내기 위해서는 무당이 제물로 바쳐질 아가씨를 뽑아야 해요. 지목된 사람은 꼼짝없이 청룡의 제물이 되어 목숨을 바쳐야했지요.

"잘했네! 이 이야기가 밖으로 새어나가지 않도록 조심하게."

태수는 신하에게 바짝 다가앉으며 말했어요.

"무당에게 입조심을 단단히 시켰습니다. 돈도 두둑이 주었으니 아무 탈 없을 겁니다요."

그 순간, 태수의 방문 앞에 서 있던 단야의 몸이 바르르 떨렸어요. 단야는 신하에게 차를 대접하기 위해 찻잔을 들고 들어가려던 참에 이야기를 듣게 된 거예요.

'어찌 아버님이 그런 무서운 일을 꾸미셨을까?'

단야는 눈물을 줄줄 흘렸어요. 단야도 원덕랑을 좋아하고 있었 지만 약혼녀를 죽이면서까지 결혼하고 싶지는 않았거든요.

"흑흑흑!"

단야는 방으로 돌아와 눈물을 닦으며 편지를 썼어요.

'아버님! 아버님이 저로 인해 큰 죄를 짓는 것을 보고 있을 수 없었어요. 어찌 저의 행복을 위해 다른 사람의 목숨을 해칠 수 있겠습니까? 제가 포악한 청룡의 제물이 되겠어요. 저로 인해 청룡이 화를 풀어 벽골제가 튼튼하게 고쳐졌으면 합니다. 벽골제에는 농사를 사랑하는 수많은 백성들의 땀이 어려 있으니까요.'

단야는 편지를 남기고 벽골제로 갔어요. 바람이 몰아치는 벽골제는 슬퍼보였어요.

"휘잉."

바람 소리가 마치 용이 울부짖는 소리 같았어요. 단야는 아버지가 계신 곳을 향해 절을 하고는 치맛자락을 날리며 저수지 안으로 뛰어들었어요.

다음 날 아침이 되자 단야의 하녀가 태수의 방으로 달려왔어요. 편지를 본 태수는 급히 벽골제로 달려갔지요.

"단야야! 내 딸아! 내가 널 죽게 만들었구나!"

태수는 벽골제에 올라 목 놓아 울었지만 이미 늦은 일이었어요. 단야 아가씨의 소문은 마을 전체에 퍼졌어요. 마을 사람들은 단야 아가씨를 생각하며 슬퍼했지요.

단야 아가씨 덕분인지 벽골제에 맑은 날씨가 계속됐어요. 원덕랑과 마을 사람들은 단야 아가씨를 생각해서 더 열심히 일했어요. 벽골제 수리를 무사히 마치자 사람들은 단야 아가씨를 위해 제사를 지냈어요.

단야 아가씨에 대한 이야기가 전해지는 김제 벽골제에서는 가을마다 '김제 지평선 축제' 가 열려요. 농사의 중요성과 전통성을 알리기 위해서 열리는 축제예요.

김제 지평선 축제에 오면 농부의 마음을 알 수 있어요. 축제 동안 허수아비 만들기, 메뚜기 잡기, 가마니 짜기 등 다양한 농촌의 문화를 직접 체험해 볼 수 있거든요.

더불어 농민을 위해 희생한 단야 아가씨를 기념하는 단야각과 단야루를 구경할 수 있어요. 그리고 단야 아가씨 이야기를 생생한 공연으로 만날 수도 있지요. 축제 기간에는 풍년을 기원하고, 단야 아가씨의 희생정신을 기리는 제사를 올리기도 해요. 이야기 속에 나왔던 못된 청룡과 착한 백룡의 싸움을 놀이로 만든 '쌍용 놀이'도 빼먹을 수 없는 구경거리지요. 끝없이 황금빛 물결이 일렁이는 김제의 지평선 축제, 그곳에 가면 농사의 역사를 온몸으로 체험할 수 있답니다.

남도 음식 문화 큰 잔치

우리나라에서도 전라도 음식은 맛깔스럽기로 유명해요.

해마다 가을이 되면 전라남도에서 '남도 음식 문화 큰 잔치'가 열려요. 서늘한 바람이 입맛을 돋우는 10월, 전라남도 낙안 읍성 민속 마을에서 열리지요.

축제에서는 남도의 대표적인 음식을 볼 수 있어요. 홍어찜, 전복죽, 굴비 구이, 해물탕, 녹차 떡, 더덕구이, 참게장, 고들빼기 김치, 낙지 구이 등 수많은 음식들을 구경하다 보면 침이 꿀꺽 넘어가요.

다른 쪽에서는 바다와 육지가 맞닿아 있는 전라남도의 다양한 재료들로 만든 예술 작품도 볼 수 있어요.

예술 같은 요리를 봤다면 마술 같은 요리를 만날 차례예요.

남도 음식 문화 큰 잔치에서는 요리 경연 대회도 열려요. 요리에 관심이 많은 사람들이 솜씨를 겨룰 수 있는 기회지요. 요리사들은 대

민속마을

음식전시회

회를 통해서 그동안 갈고닦은 솜씨를 뽐내요.

　이곳에서는 직접 체험할 수 있는 행사들도 많아요.

　홍어회와 돼지고기를 김치에 싸서 막걸리를 곁들여 먹는 홍탁삼합, 알록달록 달콤한 다식 등 우리 고유의 음식을 직접 만들어 볼 수 있거든요.

　물론 직접 만든 음식을 맛보는 재미도 빼먹을 수 없답니다.

다식

홍탁삼합

춘향이의 아름다운
사랑 이야기
남원 춘향제

"어휴! 엉덩이가 들썩거려서 더는 못하겠다!"

이몽룡은 책을 휙 덮고 하인을 불러 광한루로 갔어요. 그곳에서 나풀나풀 치맛자락을 날리며 그네를 타는 춘향을 보고 한눈에 반해 버렸지요.

춘향이는 기생의 딸이었지만 여느 양반집 아가씨 보다 기품이 있고 도도했어요. 그래서 몽룡의 사랑을 쉽게 받아주지 않았지요. 사실 춘향이 몽룡의 마음을 받아준다 해도 버림받을 것이 뻔했거든요. 몽룡은 고을을 다스리는 사또의 아들이었고, 춘향은 기생의 딸이었으니까요.

몽룡은 포기하지 않고 하루가 멀다 하고 춘향의 집으로 찾아갔
어요. 몽룡의 진심을 알게 된 춘향은 결국 마음을 열었고 둘은 남
몰래 결혼을 하게 되었지요.

몽룡은 눈만뜨면 춘향을 찾아갈 정도로 사랑에 푹 빠져 버렸지요. 아무리 책을 뚫어지게 쳐다봐도 글씨는 안 보이고 춘향이 얼굴만 아른거렸어요. 몽룡은 점점 공부도 뒷전이 되었어요.

그러던 어느 날 몽룡의 아버지가 서울로 돌아가게 되었어요. 몽룡은 춘향이를 두고 서울로 떠나야 한다니 숨이 턱 막혔어요. 춘향이를 데려간다고 하면 아버지는 사랑 타령만 한다고 오히려 떼어 놓으실 게 뻔했지요.

몽룡은 춘향이에게 이 사실을 말했어요.

"저를 버리고 떠나시면 이제 어찌 살아가야 한단 말이에요?"

춘향은 몽룡의 옷을 부여잡고 엉엉 울었어요.

"내가 꼭 과거 급제해서 돌아올 테니 조금만 기다려다오!"

몽룡과 춘향은 굳은 약속을 하고는 이별했어요.

몽룡의 아버지가 서울로 떠나자, 변학도라는 사또가 새로 왔어요. 변사또는 어찌나 욕심이 많은지 남원 고을 사람들 재물을 닥치는 대로 빼앗았지요. 게다가 시간만 나면 기생들을 앉혀 놓고 술을 마셨어요. 그러던 어느 날, 변사또는 이방을 시켜 남원에서 가장 아름답다는 춘향이를 데려오게 했어요.

"춘향아, 오늘부터 나의 수청을 들어라!"

변사또는 춘향에게 몸을 바쳐 시중을 들라고 강요했어요.

"싫습니다. 저에게는 이미 서방님이 계십니다."

춘향은 변사또를 바라보며 당차게 말했지요. 그 모습을 본 변사또는 호통을 쳤어요. 그랬다가 금은보화로 유혹하기도 했지요. 하지만 춘향의 마음은 변함없었지요.

"고얀 것! 여봐라, 춘향을 형틀에 묶어 매우 쳐라!"

춘향은 손발이 묶인 채 매를 맞아도 마음을 고쳐먹지 않았어요. 그 모습을 본 변사또는 춘향을 옥에 가둬 두었어요.

옥에 갇힌 춘향은 힘든 시간을 보냈어요. 몇 달째 옥에 갇혀 제대로 먹지 못해 숨 쉬는 것조차 힘겨웠어요. 춘향은 몽룡을 생각하며 눈물을 흘렸어요.

"춘향아!"

그 순간 춘향의 귀에 몽룡의 목소리가 들려왔어요. 춘향이 고개를 들어보니 허름한 옷을 입은 몽룡이 서 있었어요.

"서방님!"

춘향은 몽룡을 보는 것이 꿈만 같았어요.

"너 보기가 부끄럽구나. 이렇게 거지가 되어 돌아왔으니! 흑흑."

"건강히 돌아오셨으니 그걸로 됐어요. 꿈에 그리던 서방님을 봤으니 이제 죽어도 여한이 없어요."

춘향의 여윈 모습을 본 몽룡은 마음이 너무 아팠어요.

며칠 뒤, 사또의 생일날이 되었어요. 옥에서 춘향이는 죽어 가는데 밖에서는 흥청망청 성대한 잔치가 벌어지고 있었지요. 백성들이야 배를 굶든 말든 사또와 관리들은 신경 쓰지 않았어요.

사또와 관리들이 술에 취해 노래하며
춤을 추고 있을 때, 발자국 소리가 요란하게
들려왔어요.
"암행어사 출두요!"
누군가 벼락같이 소리치자 암행어사의 졸병들이 벌떼

처럼 몰려들었어요. 암행어사는 임금님의 명령을 받아 전국을 돌
아다니며 나쁜 관리를 처벌하고 못된 사람들을 잡아들이
는 일을 해요. 사또와 관리들은 벌벌 떨며 자리를
피하느라 정신이 없었어요.

졸병들이 사또와 관리들을 모조리 잡아들였어
요. 그러자 고운 비단옷을 입은 암행어사가 부채
로 얼굴을 가리고 나타났어요. 사또와 관리들에
게 죗값을 치르게 한 암행어사는 춘향이를
불러 물었어요.

"춘향아! 네가 사또의 수청을 거절하였다
고? 그럼, 나의 수청도 거절할 테냐?"

"임금님이 오신들 제 생각이 변하오리까.

그런 말을 하려거든 차라리 나를 죽여주오!"

대답이 끝나자마자 암행어사는 얼굴을 가리고 있던 부채를 내리고 춘향이를 불렀어요.

"아니, 서방님!"

춘향은 그제야 암행어사가 된 몽룡을 알아보고 깜짝 놀랐어요. 몽룡은 춘향에게 돌아가기 위해 열심히 공부했어요. 덕분에 과거 시험에 일등으로 합격해서 암행어사가 되었지요.

이렇게 해서 몽룡은 춘향과의 약속을 지켰고, 춘향은 굳은 의지로 사랑을 지켜 냈어요. 몽룡과 춘향의 사랑 이야기는 많은 사람들에게 감동을 주었지요. 이 소식을 들은 임금님도 감동해서 춘향에게 '정렬부인'이라는 명예로운 이름을 주었답니다.

춘향전은 아주 오래 전부터 판소리로 불려졌어요. 그러다 소설로 전해지면서 백성들에게 많은 사랑을 받게 되었지요. 세월이 지나도 춘향전에 대한 관심과 사랑은 계속 되었어요. 그래서 춘향전의 배경이 되었던 남원에서는 아름다운 사랑을 기리기 위해 매년 5월 4일부터 5일간 '춘향제'가 열린답니다.

춘향제는 처음에 춘향에게 제사를 지내는 행사만 했어요. 그러다가 지금은 다양한 행사와 볼거리가 더해져 큰 축제가 되었어요.

춘향제의 대표적인 행사로는 춘향 선발 대회와 춘향 국악 대전, 전국 판소리 명창 대회, 전통 결혼식, 씨름 대회, 그네뛰기, 전통 길놀이, 그리고 춘향골 전통 음식 축제가 있어요.

다양한 행사에 참여하고, 아름다운 경치를 구경하고 있으면 춘향과 몽룡의 설레는 마음이 느껴진답니다.

두근두근 설레는 봄날이 오면 춘향의 아름다운 사랑 이야기가 전해 오는 남원 춘향제에 가 보세요.

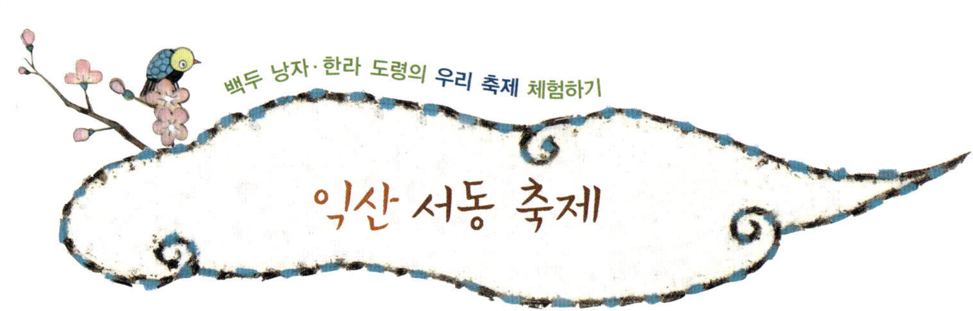

익산 서동 축제

백제와 신라가 국경을 맞대고 있던 삼국 시대, 익산은 백제의 활기찬 도시였어요.

아름다운 선화 공주 남몰래 서동이와 정을 통하고
밤에 몰래 나와 서동을 만나러 간다네.

마를 캐다 팔던 장이가 신라의 선화 공주를 얻기 위해 부른 '서동요'예요.
서동요 덕분에 선화 공주와 결혼한 장이는 훗날 백제 30대 왕인 '무왕'이 되었답니다.

국경을 초월한 서동과 선화 공주의 사랑 이야기는 지금도 설화로 인기 있어요. 그래서 서동의 사랑이 이루어진 익산에서는 해마다 '서동 축제'를 열지요.

서동 축제는 1969년 '마한 민속 제전'으로 시작해서 2004년부터 서동 축제로 이름을 바꿔서 진행하고 있어요.

축제 때는 서동 선발 대회가 열려 리더십이 뛰어난 서동을 뽑아요. 대부분의 민속 축제에서는 여자를 뽑는데 이곳에서는 남자를 뽑는 것이 특이하지요.

서동을 뽑은 다음에는 서동과 선화 공주의 화려한 결혼식이 진행돼요.

그리고 서동이 왕이 된 것을 기념하는 무왕 즉위식과 무왕의 행렬이 이어지지요.

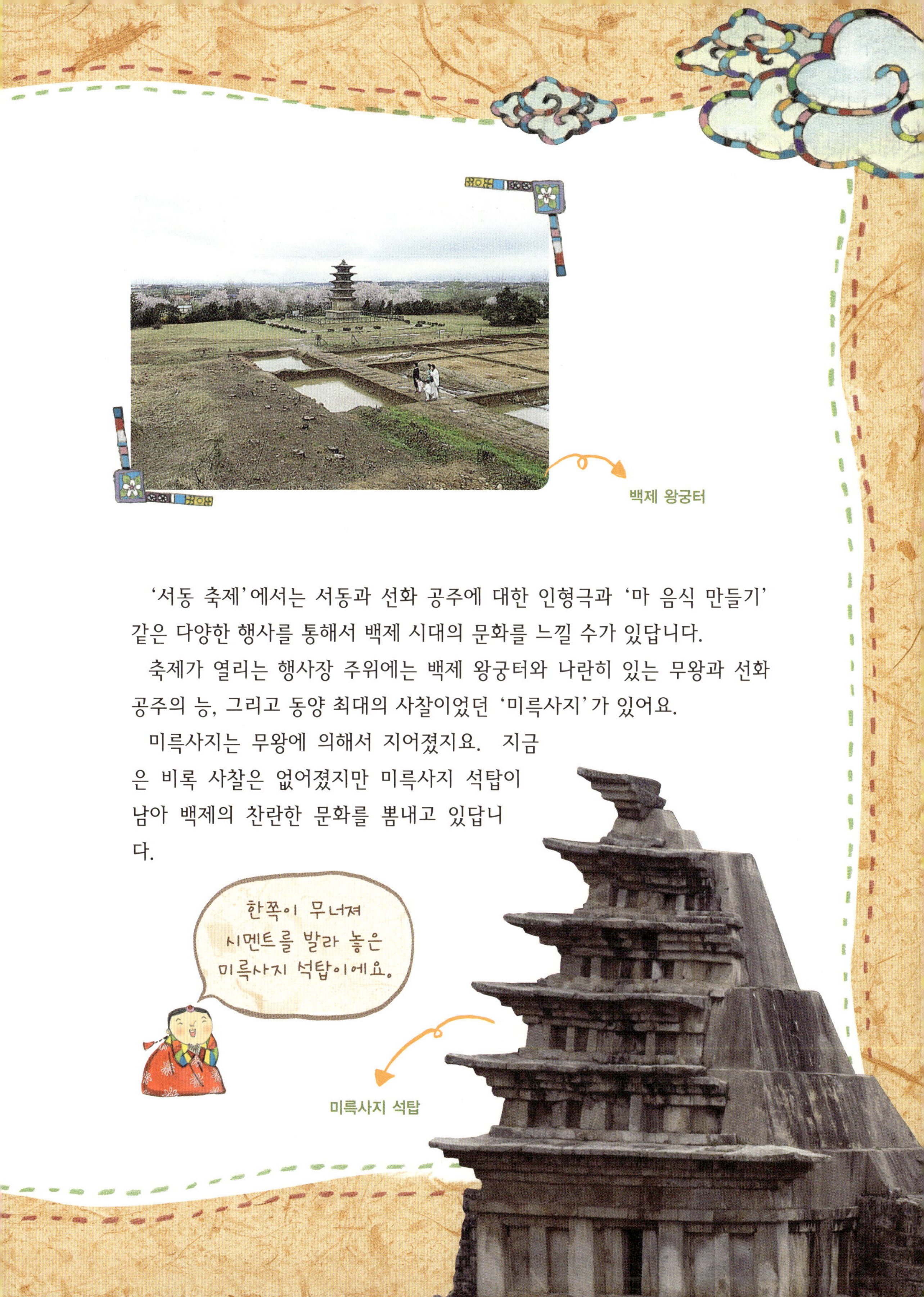

백제 왕궁터

　‘서동 축제’에서는 서동과 선화 공주에 대한 인형극과 ‘마 음식 만들기’ 같은 다양한 행사를 통해서 백제 시대의 문화를 느낄 수가 있답니다.
　축제가 열리는 행사장 주위에는 백제 왕궁터와 나란히 있는 무왕과 선화 공주의 능, 그리고 동양 최대의 사찰이었던 ‘미륵사지’가 있어요.
　미륵사지는 무왕에 의해서 지어졌지요.　지금은 비록 사찰은 없어졌지만 미륵사지 석탑이 남아 백제의 찬란한 문화를 뽐내고 있답니다.

미륵사지 석탑

강물에 띄우는 등불
진주 남강
유등 축제

“전투 준비를 하라!”

1592년, 우리나라에 왜군이 쳐들어왔어요. 진주에 있던 김시민 장군은 재빠르게 전투 준비를 마쳤어요. 그동안 군사 훈련을 열심히 한 덕분에 갑작스러운 적의 침입에도 척척 대응 할 수가 있었어요.

장군이 있던 진주는 왜군들이 힘을 못 썼어요. 장군의 군대가 철통같이 왜군을 막아 냈거든요.

“목사님, 이렇게 돌아가시면 우리는 어찌합니까?”

그런데 진주 전체를 다스리던 진주 목사 이경이 전쟁 중에 병으

로 죽고 말았어요. 왕은 그 소식을 듣고 김시민 장군에게 진주를
다스리게 했어요. 장군의 뛰어난 전술과 지휘 능력을 이미 잘 알고
있었거든요.

　장군은 전쟁에 지친 군사들을 격려하며 한시도 쉬지 않고, 전투
를 지휘했어요.

왜군의 장군들은 모여서 회의를 했어요.

"진주성을 빼앗아야 전쟁에서 승리할 수 있습니다!"

"하지만 김시민 때문에 쉽지 않을 것 같습니다!"

"아무리 대단한 장군이라고 해도 총을 가진 2만 명의 군사를 막

아낼 수는 없을 것이오!"

왜군의 장군들은 조만간 이길 싸움인 것처럼 좋아했어요.

남강이 흐르는 진주성에 2만 명이 넘는 왜군들이 몰려들었어요.

이것을 지켜보던 우리 군사들은 많은 수의 적 때문에 겁에 질렸지

요. 우리 군사는 4천 명도 되지 않았거든요.

"진주성을 버리는 것은 나라를 버리는 것이다. 나라를 버리고 도망을 가는 군사는 모조리 처벌하겠다! 나와 함께 용감히 싸워 승리를 거둘 테냐, 아니면 내 손에 죽음을 당할 테냐?"

장군의 힘찬 목소리에 군사들은 다시 용기를 얻었어요. 장군은 성안에 있던 여인과 노인에게도 남자 옷을 입혔어요. 군사가 많은 것처럼 보여야 적들의 기세가 꺾일 테니까요.

왜군은 진주성을 둘러싸고 총을 쏘아 댔어요. 총알은 마치 소낙비처럼 성을 향해 쏟아졌어요.

"공격하라!"

장군의 말에 우리 군사들은 일제히 공격을 시작했어요. 왜군은 갑작스러운 공격에 잠시 주춤했다가 다시 총과 대포를 쏘아 댔어요. 목숨을 건 전쟁은 며칠 동안 계속되었어요. 왜군들이 어두운 밤을 틈 타 진주성에 몰래 들어와 공격을 하려고 했어요.

"강물 위에 등불을 띄워 어둠을 밝혀라."

강물에 등불을 띄우자 왜군의 침입 계획은 물거품이 되었어요.

시간이 지날수록 진주성 전투는 많은 백성들을 안타깝게 했어요. 왜군들에게 둘러싸여 성에서 옴짝달싹 못하는 군사들이 백성의 가족들이었으니까요. 장군은 군사들의 소식을 유등에 띄워 흘려보내 가족들에게 전했어요. 그리고 성 밖에서는 장군을 응원하는 지원병들과 소식을 전하는 방법으로도 등불을 사용했어요.

"강 건너에 숨어 있는 지원군에게서 횃불로 신호가 왔다. 오늘 밤 식량을 적군 몰래 강에 띄운다는구나. 풍등을 띄워 신호에 답하거라!"

풍등은 하늘에 띄우는 등을 말해요. 종이로 초롱 모양을 만들고 속에 달린 심지에 불을 붙이면 등불이 하늘을 떴지요. 풍등에 편지를 쓰거나 풍등의 개수에 따라 미리 신호를 정해 두고 통신을 했던 거예요.

"저게 뭐야? 환한 달이 여러 개네?"

"아니야. 도깨비불 아냐?"

왜군들은 풍등이 뭔지도 몰랐기 때문에 그 숨은 뜻을 몰랐어요. 하지만 수풀에 숨어 있던 우리 지원군은 어떤 뜻인지 잘 알고 있었지요.

"식량을 오늘 밤에 보내면 된다는 뜻이군!"

지원군은 풍등을 보고 계획대로 식량을 나룻배에 실어 보냈어요.

간간히 지원군이 진주성 안에 있는 장군에게 도움을 주기는 했

지만 그다지 큰 도움이 되지는 못했어요. 진주성 안에 있는 식량은 이미 바닥났고, 화약과 화살도 거의 떨어져 버렸지요. 하지만 왜군의 공격은 그치지 않았고, 또다시 총공격을 해왔어요.

왜적이 또 다시 총공격을 해왔어요.

"내가 죽어 영혼이 되어서라도 이 진주성을

지킬 것이다! 내가 너희들을 지켜줄 것이니 최선을 다해 싸워
라!"

　장군은 위험한 상황에서도 앞장서서 외쳤어요. 활이 바닥나자
남강의 물을 퍼다 끓였어요. 그러고는 사다리를 타고 올라오던 왜
군에게 쏟아 부으며 죽을힘을 다해 싸웠어요. 그러자 2만 명의 군
사를 이끌고 왔던 왜군은 큰 피해를 입고 도망가 버렸지요.

　"우리가 이겼다! 모두들 장하다!"

　장군은 지칠 대로 지친 모습으로 군사들에게 말했어요.

　"탕!"

　그때였어요. 시체 사이에 쓰러져 있던 적군이 일어나 장군에게
총을 쐈어요. 장군은 안타깝게도 적군의 총에 그 자리에서 죽고
말았어요. 장군의 죽음을 전해들은 백성들은 한동안 슬픔에 잠겨

목 놓아 울었답니다.

이렇듯 김시민 장군의 영혼이 서려 있는 진주 남강에서는 가을마다 '유등 축제'가 열려요. 유등 축제는 김시민 장군과 수많은 군사들이 목숨을 잃은 진주 대첩에 기원을 두고 있어요.

유등 축제인 만큼 낮보다 해가 진 뒤가 볼거리가 많아요. 아름다운 등불이 둥실둥실 떠다니며 남강을 화려하게 밝혀요. 용 모양, 장군 모양, 꽃 모양 등 웅장하고 특이한 모양의 등불이 가득해요. 우리나라뿐만

아니라 외국에서도 진주 남강 유등 축제에 참여할 정도로 세계적인 축제랍니다.

축제에 참가한 사람들은 작은 등불에 소원을 적어 남강에 사뿐히 띄워요. 다른 쪽에서는 다양한 모양의 창작 등과 전통 한지 공예로 만든 작품들이 전시되어 있어 볼거리가 많아요.

무르익어 가는 가을 날, 화려한 등불이 밝히는 아름다운 진주성과 남강을 바라볼 수 있다는 것은 참 행복한 일이에요. 아른거리는 유등을 보며 조상에 대해 감사하는 마음을 가져보는 것도 좋을 것 같아요.

안동 국제 탈춤 페스티벌

가면을 쓰고 덩실덩실 춤을 추는 탈춤을 본 적이 있나요?

탈춤은 우리나라를 대표하는 춤 중에 하나예요.

매년 9월 말에서 10월 초가 되면 안동에서는 '국제 탈춤 페스티벌'이 열려요. 탈춤 전시관에서는 우리나라 탈춤의 역사를 한눈에 볼 수 있어요. 또 봉산탈춤, 통영 오광대놀이, 하회 별신굿 탈놀이, 송파 산대놀이, 수영야류,

북청 사자놀이

수영야류

북청 사자놀이 등 다양한 탈춤 공연을 볼 수도 있어요. 공연을 보다 보면 우리나라 각 지방에서 전해 내려오는 전통 탈춤이 이렇게 많다는 것에 자부심을 느끼게 된답니다.

'안동 국제 탈춤 페스티벌' 기간에는 '안동 민속 축제'와 '하회 마을 전통 축제'가 함께 치러져요. 이 축제에서는 마을의 평화를 기원하는 제사와 함께 차전놀이, 투호 대회, 제기차기, 널뛰기 등 다양한 민속놀이를 즐길 수 있답니다.

탈춤 축제에 왔으니 직접 탈을 쓰고 춤을 춰보는 것도 좋겠지요? 자기만의 탈을 만들어서 그 탈을 쓰고 탈춤 대회에 참가 할 수도 있어요.

아직 남에게 보여줄 만큼의 실력이 안 되면 탈춤 교실을 통해서 직접 탈춤을 배울 수도 있어요.

그리고 새로운 탈춤을 만들고 싶다면 '마스크 댄스 경연 대회'에 참가해 보세요. 대회에서 우승을 하면 상당히 많은 상금을 받을 수 있거든요.

세계 민속춤

정겨운 우리 가락
정선 아리랑제

　강원도에는 송천과 골지천이 만나는 아우라지 강이 있는데 그곳에는 아늑한 나루터가 있어요. 아우라지 나루터에는 강을 건너기 위한 사람들과 뗏목을 가지고 서울로 가려는 사람들로 늘 북적거렸어요.

　생기 넘치는 아우라지 강을 사이에 두고 여량리에 사는 처녀와 유천리에 사는 총각이 사랑에 빠졌어요. 총각은 산에서 나무를 해 서울에 갖다 팔아서 생계를 꾸려 나갔지요.

　"탁탁탁!"

　총각이 도끼로 굵은 나무를 내려찍는 소리는 아우라지 나루터까

지 들렸어요. 처녀는 나루터에 앉아 나무하는 소리를 들으며 총
각을 기다렸어요. 가만히 앉아 있으면 노래가 절로 나왔어요.
　아우라지 나루터에는 수많은 노래들이 흘러 들어왔어요. 송
천과 골지천이 만나는 것처럼 강원도를 떠도는 민요들이 아우
라지로 모였지요. 아우라지에는 언제나 민요가 넘쳐 났어요.
처녀도 다른 어른들처럼 민요를 무척 좋아했어요. 언젠가 아리
랑 가락에 붙여 멋진 노래를 만들어 총각에게 들려주려고 생각

했지요.

　총각은 일이 끝나면 정신없이 산을 뛰어내려왔어요. 처녀가 기다리고 있는 나루터로 가기 위해서 말이에요.

　"조금만 기다려요! 내가 그리로 건너갈게요!"

　총각은 강가에 앉아 노래를 흥얼거리는 처녀에게 소리쳤어요.

소녀는 살포시 웃으며 부끄럽게 고개만 끄덕거렸어요. 총각은 강을 가로질러 매어 놓은 줄을 따라 줄배를 타고 건너갔어요. 배를 움직이는 뱃사공은

줄을 힘껏 당겨서 총각을 처녀에게 데려다 주었어요.

"내일은 나무를 팔러 서울에 다녀와야 겠어요. 나무를 모두 팔면 고운 옥가락지 사다 줄게요!"

총각은 땀을 닦으며 기쁘게 말했지만 처녀는 걱정이 가득했어요. 서울에 가려면 나무를 밧줄로 엮어 뗏목을 만든 다음 강에 띄워야 했어요. 물이 얕으면 걸려서 옮기기 어려우니 물이 많이 불어난 여름에 뗏목을 타야했지요.

"하지만 하늘이 이상해요. 폭풍이라도 올 것처럼 어둡잖아요!"

처녀는 하늘을 물끄러미 올려다보며 말했지요.

"하하하, 비가 오면 더 좋지! 거센 강물을 따라 빨리 갔다 올 수 있으니까 말이에요."

처녀는 얼굴을 찌푸렸어요. 몇 해 전 처녀의 아버지도 나무를 팔러 뗏목을 타고 가다가 거센 물살에 휘말려 목숨을 잃었거든요. 나무를 해다 서울에 파는 사람들 중에는 목숨을 잃는 사람이 많았어요.

"걱정 말아요! 난 행운이 따르는 사람이니까 절대로 당신을 두고 먼저 하늘나라로 갈 일은 없어요."

처녀는 총각을 말리고 싶었지만 그럴 수가 없었어요.

다음 날 아침, 총각은 등에 봇짐을 메고 단단히 엮은 뗏목 위로 뛰어올랐어요. 총각은 그동안 많은 나무를 모아서 다른 사람들 보다 훨씬 큰 뗏목을 만들었어요. 총각의 뗏목은 강물을 따라 천천히 흐르기 시작했어요.

“옥가락지 사오면 나랑 결혼해 줘요!”

총각은 멀리서 걱정스럽게 바라보는 처녀를 향해 소리쳤어요.

“네. 부디 몸조심 하세요!”

처녀는 뗏목을 따라 강변을 뛰어가며 말했어요. 총각은 처녀에게 환하게 웃어 주었어요. 총각의 모습은 굽이굽이 흐르는 강물을 따라 점점 멀어지더니 마침내 눈에서 사라졌어요.

“우르르 쾅쾅!”

하늘은 벌써 며칠째 억수같은 비를 쏟아 부었어요. 강물은 점점 불어나서 화가 난 용처럼 꿈틀거렸어요.

“제발 무사히 돌아오세요!”

처녀는 쏟아지는 비를 매일 맞으며 아우라지 나루터에 서서 소리쳤어요.

총각이 떠난 지도 한 달이 지났어요. 비가 그치고 강물도 낮아졌지만 총각은 돌아올 줄 몰랐어요. 두 달이 지나도, 세 달이 지나도 총각은 돌아오지 않았어요. 마을에는 총각이 서울에 도착하기도 전에 폭풍때문에 죽고 말았다는 소문이 퍼졌어요. 하지만 처녀는 믿지 않았지요. 처녀는 눈만 뜨면 아우라지 나루터에 나가서 강을 바라보았어요.

처녀는 구슬픈 사연을 정선 아리랑 가락에 실어서 부르며 총각을 그리워했어요. 그렇게 매일 강물을 바라보던 처녀는 하염없이 비가 쏟아지던 어느 날 흐르는 강물과 함께 사라져 버렸어요. 서로 애틋하게 사랑했던 처녀와 총각은 똑같이 강물 속으로 사라져 버린 거예요. 처녀의 구슬픈 마음은 정선 아리랑 가락에 실려 아우라지 나루터를 따라 방방곡곡에 전해졌어요. 마을 사람들은 처녀의 영혼을 달래기 위해서 아우라지 강변에 처녀 동상을 만들었어요. 처녀 동상은 지금도 아우라지 강변에서 사랑하는 님을 애타게 그리며 홀로 서있답니다.

아리랑은 우리나라를 대표하는 민요예요. 가장 오래 된 소리로 우리나라뿐만 아니라 세계적으로도 유명해요. 그래서 유네스코에서는 '아리랑'이라는 상을 만들기도 했지요.

정선 아리랑은 다른 아리랑과는 달리 곡조의 변화가 거의 없어요. 대신 세월의 흐름에 따라, 각 시대에 따라 가사가 새롭게 만들어졌어요. 나라에 대한 걱정, 삶에 대한 고통, 자연을 사랑하는 마음, 고된 일에 대한 푸념, 결혼에 대한 근심 등 다양한 내용을 담고 있지요.

이렇듯 우리 민족의 정서가 그대로 담긴 정선 아리랑은 강원도 사람들만의 민요가 아니었어요. 힘들었던 일제 강점기를 거치고 한민족이 남과 북으로 갈라지는 고통을 견뎌 온 우리를 위로하고 달래는 노래였지요. 우리 역사와 함께한 정선 아리랑에는 겨레의 마음이 담겨 있답니다.

아리랑 가락과 함께 살아가며 우리 문화를 소중히 키워온 정선에서는 매년 10월 초에 '정선 아리랑 축제'가 열려요. 정선 아리랑 노랫말 짓기 대회처럼 아리랑에 관한 대회와 공연들이 줄줄이 이어져요. 특히 아우라지 나루터에서는 처녀 동상과 뗏목 재연 행사를 볼 수 있어요. 아우라지 강물을 가로지르는 임시로 지어 놓

은 섶다리도 멋스러워요. 굽이굽이 흐르는 아우라지 강물은 예나
지금이나 그 자리에서 반갑게 사람들을 맞이한답니다.

무주 반딧불 축제

천연기념물 반딧불은 환경 오염으로 점차 사라지고 있어요.

그래서 푸르른 자연을 보존하고 있는 무주에서는 자연의 소중함을 일깨우고자 매년 6월에 '반딧불 축제'를 열어요.

전라북도 무주는 소백산맥의 영향으로 높은 산으로 둘러싸여 있어서 환경이 잘 보존되는 지역이거든요.

반딧불 축제에서는 환경 글짓기, 환경 사진전과 같은 환경에 대한 행사가 많아요.

우리의 자연을 소중히 여기고 되살리기 위해 이런 행사를 하는 거예요.

반딧불

　환경의 소중함을 체험한 뒤에는 자연과 더불어 살던 조상들의 생활을 체험할 차례예요.

　대나무 물총 만들기, 여치 집 만들기, 톱질 하기, 장작 패기, 대장간 체험 등 재미있는 행사들이 구경하는 사람들을 기쁘게 해요.

　반딧불 축제이기 때문에 반딧불을 주제로 한 행사들도 많아요.

　반딧불이 어떻게 생겼는지도 모르는 친구들을 위해 반딧불의 일생을 자세하게 보여 줘요. 그리고 반딧불을 관찰하고, 다시 숲으로 날려 보내는 체험도 할 수 있어요. 반딧불은 장난감이 아닌 소중한 생명을 가진 자연이니까요.

　또 형설지공 체험하기, 이야기로 만나는 반딧불처럼 다양한 체험 행사가 있답니다.

　어두운 밤하늘에 별빛처럼 빛나는 반딧불을 만나고 싶다면 무주 반딧불 축제에 참여해 보세요.

반딧불 솟대 만들기

백제의 찬란한
역사와 문화
백제 문화제

"백제의 수도를 '웅진'에서 교통이 편리한 '사비'로 옮길
것이오. 그러니 모두들 준비 하시오!"

백제 성왕의 말에 신하들은 깜짝 놀랐어요. 근초고왕이 다스리
던 시절 백제는 넓은 땅을 차지하고 대단한 힘을 자랑했어요. 이
웃 나라와 교류를 하며 화려한 백제의 문화를 뽐냈지요.

하지만 세월이 흘러 고구려의 장수왕이 백제에 쳐들어 왔어요.
그래서 백제는 수도를 웅진으로 옮겨야 했어요. 백제의 땅이었던
한강 유역도 고구려에게 빼앗기고 말았지요.

그 뒤로 왕들은 조용히 힘을 키워 나갔고 백제는 시간이 흐를수

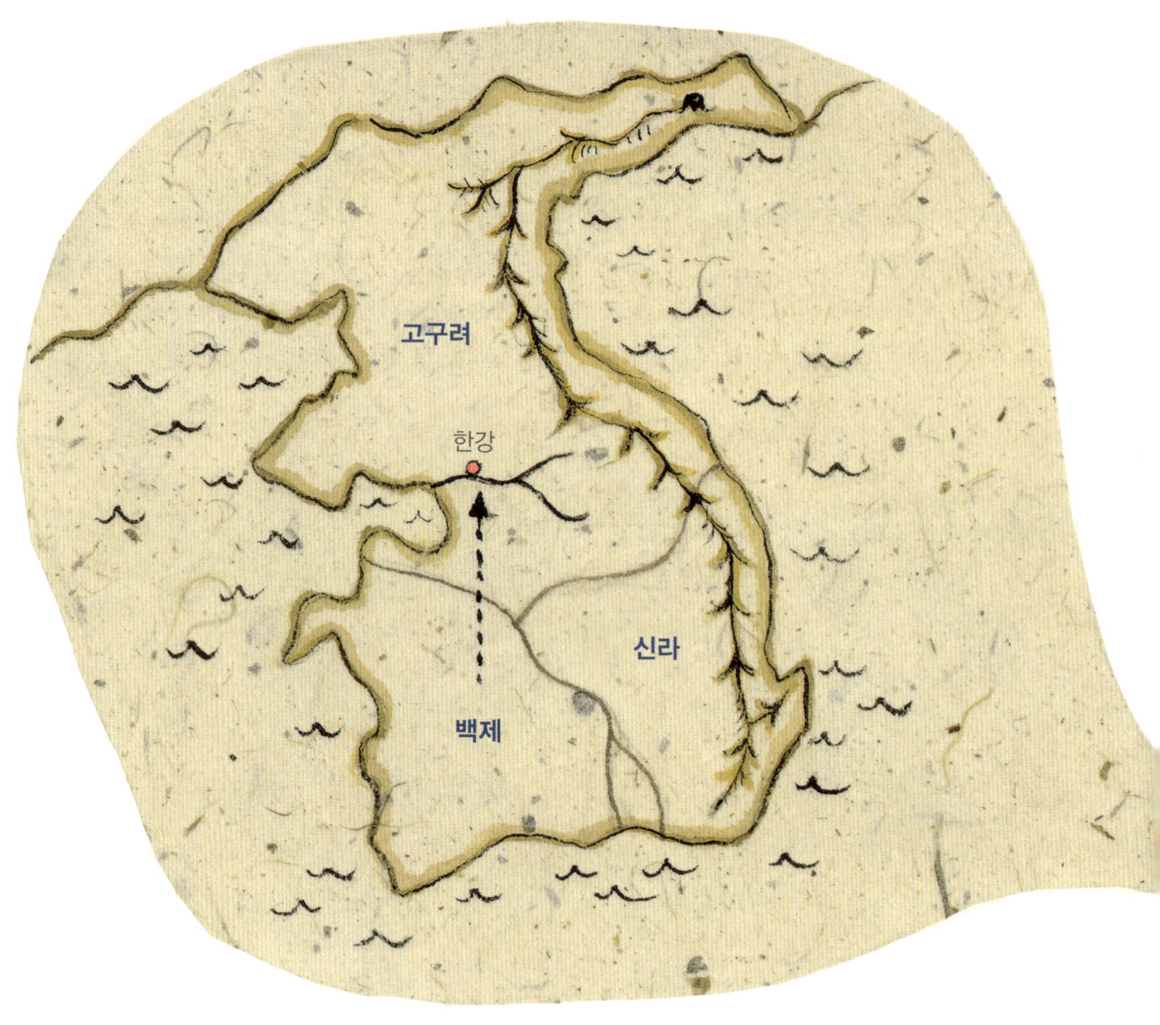

록 안정을 되찾았어요. 그래서 무령왕을 거쳐 성왕 시대에 이르러 서는 다시 한 번 옛 영광을 찾으려는 용기가 솟아났지요. 성왕에 게는 한강의 비옥한 땅을 되찾는 것이 해결해야 할 가장 중요한 문제였어요.

“어찌하면 고구려에게 빼앗긴 한강을 되찾을 수 있을 것이라 생각하오?”

대부분의 신하는 고구려를 섣불리 쳐들어갔다 피해를 볼까 걱정했어요. 그런데 젊은 신하가 전혀 다른 의견을 내놓았어요.

“우리가 가만히 있으면 고구려가 다시 쳐들어올지 모릅니다. 안전하게 백제의 땅을 되찾을 수 있사옵니다! 우리와 친분이 있는 신라와 함께 고구려를 공격하면 성공할 수 있습니다.”

“하하하, 거 참 좋은 생각이오! 이제야 그동안 갈고닦은 백제의 힘을 보여 줄 수 있겠구려!”

성왕은 어려운 문제를 해결한 것처럼 머릿속이 시원했어요.

며칠 후, 성왕의 신하가 신라의 왕을 만났어요.

"백제를 도와주십시오. 뜻대로만 된다면 한강 위쪽에 있는 죽령과 고령 땅을 드리겠습니다."

신라의 왕은 수염을 만지작거리며 잠시 고민을 했어요. 곰곰이 생각해보니 신라에게는 손해날 것이 없다는 생각이 들었지요. 전쟁에서 이기면 비옥한 땅을 차지하게 되고 진다고 해도 큰 피해를 입는 것은 아니니 해 볼만 했어요. 게다가 힘이 센 고구려를 가만히 두었다가는 언제 신라를 쳐들어올지 몰랐거든요.

"좋소. 그럼 군대를 준비시키도록 하겠소!"

신라의 약속을 받은 성왕은 직접 군대를 이끌고 고구려로 향했어요. 날쌔고 커다란 말에 오른 성왕이 언덕에 올라 눈앞에 펼쳐진 고구려 땅을 바라보았어요.

"용감한 백제의 군대여! 앞으로 전진하라!"

성왕은 하늘과 땅이 울리도록 크게 소리쳤어요.

"와!"

그러자 백제의 군대는 고구려 성을 향해 달려갔지요. 백제의 군사들은 그동안 키워온 실력을 발휘했어요. 갑작스런 공격에 당황한 고구려의 군사들은 성을 두고 모두 도망쳤어요.

"이제 선조들의 피와 땀이 서린 한강을 되찾는 일만 남았구나!"

성왕은 자신감에 가득 찼어요. 한강 유역은 교통이 편리하고, 자원이 풍부해서 무척 중요한 곳이었거든요. 고구려 군사들은 이런 한강을 철통같이 지키고 있었지요.

"전하, 신라의 군대가 도착했습니다!"

신하가 성왕에게 말했어요.

"좋다! 군사들을 준비 시켜라!"

장군들과 작전을 짜던 성왕은 다시 갑옷을 입고 말 위에 올라탔어요. 자신감을 얻은 백제의 군대와 새롭게 합세한 신라의 군대는 함께 한강 유역으로 쳐들어갔어요.

"한강은 절대로 내줄 수 없다. 너희들에게 쓴맛을 보여줄 테다!"

고구려의 장군이 큰소리쳤어요. 장군의 말대로 한강을 지키는 고구려 군대는 무척 강했어요. 백제와 신라는 한걸음 나아가는가 하면 다시 한걸음 뒤로 물러서야 했지요.

"최선을 다해 싸워라! 고구려는 지금 두려움에 떨고 있다!"

성왕은 확신에 찬 목소리로 말했고 군사들은 왕의 말에 용기를 얻어 온 힘을 다해 싸웠어요. 그러자 고구려 군사들이 차츰 뒤로 밀려나기 시작했지요.

"드디어 우리가 한강을 밟았다! 우리가 되찾았어!"

한강을 되찾은 성왕은 기쁨의 눈물을 흘렸어요. 성왕은 말에서 내렸어요. 그러고는 손으로 한강 물을 떠서 얼굴을 씻었어요. 성왕의 얼굴은 반짝이는 햇빛을 받아 어느 때보다도 눈부시게 빛나고 있었지요. 백성들도 성왕의 승리에 모두 기뻐했어요. 하지만 그 기쁨도 얼마가지 못했지요. 성왕은 신라에게 약속한 땅을 주었지만 신라는 배신하고 백제 땅을 쳐들어왔어요. 백제는 고구려와

의 전투에서 힘이 많이 빠진 상
태였어요. 성왕은 무척 화가 났
어요. 믿었던 신라에게 배신을 당하니
마음이 무척 허탈했지요. 성왕은 마음을
추스리고 신라와 싸웠지만 결국 전쟁터에서 죽음
을 맞이하고 말았지요. 다시 백제의 화려한 역사를 꽃피우고자 했
던 성왕이 죽은 후로 백제는 점점 힘을 잃어 갔어요. 그리고 의자
왕에 이르러서는 끝내 멸망을 하고 말았지요.
　백제라는 나라는 사라졌지만 그 찬란한 역사와 문화는 지금까

지 기억되고 있어요. 백제의 수도였던 웅진과 사비는 지금의 공주
와 부여를 말해요. 백제인의 지혜와 정신을 이어받은 공주와 부여
사람들은 해마다 '백제 문화제'를 열어요. 그것도 사이좋게 한 해
씩 번갈아 가면서 말이에요.

　공주와 부여는 백제의 옛 수도였던 만큼 백제의 다양한 문화를
느낄 수 있는 문화유산이
많아요. 인공 연못인 궁남
지, 삼천 궁녀의 전설이
서려있는 낙화암, 그리고
백제인의 찬란한 예술의
결정체인 정림사지 오층
석탑 등이 있지요.

백제 문화제가 열리는 10월에는 이러한 문화유산을 바탕으로 해마다 다양한 행사들이 이어져요. 백제의 충성스러운 신하를 기리는 삼충제와 삼천 궁녀를 기리는 궁녀제 등 여러 가지 제사가 치러져요.

그 다음에는 화려했던 옛 역사를 재현하는 행사들이 펼쳐지지요. 백제의 마지막 장군이었던 계백 장군의 행렬, 백제의 음악을 들어볼 수 있는 기악 재현, 그리고 백제를 다스렸던 왕들의 행차를 보다 보면 백제의 후손이라는 자부심을 갖게 해요.

여러 행사에 참여하다 보면 성왕의 나라 사랑하는 마음이 느껴질 거예요.

전주 세계 소리 축제

　세계적으로 인정받는 우리의 판소리는 조선 말기에 남쪽 지방에서 발달했어요.

　소리의 고장으로 유명한 전주에서는 9월 말에서 10월 초에 성대한 소리 축제를 열어요.

　전국의 소리꾼들이 몰려드는 '전주 세계 소리 축제'에는 우리나라뿐만 아니라 한국 음악에 관심이 많은 외국 사람들도 많이 찾아요.

　축제에서는 행사 기간 동안 전통 음악 공연을 많이 볼 수 있어요. 다양한 판소리 공연은 물론이고 평소에 보기 힘든 종묘 제례악이나 창극도 볼 수 있

가야금 연주

지요.

　더불어 세계 각 나라에서 찾아온 민속 공연이 색다른 음악 세계를 경험할 수 있게 해요. 오페라, 합창, 실내악, 명상 음악 등 소리에 관련된 풍부한 공연이 쉴 새 없이 이어져요.

　전주 세계 소리 축제에는 어린이들을 위한 체험 프로그램이 알차게 짜여 있어요. 재미있는 놀이를 하며 그 속에 담겨 있는 전통 노래를 불러 보고, 다양한 악기를 직접 연주할 수도 있어요. 또, 전래 동화를 동요로 표현하는 행사와 전통 악기와 폐품을 이용한 어린이 난타 교실도 마련되어 있지요. 어렵게만 느껴졌던 음악 원리를 쉽게 소개하는 실험 코너와 음악 퀴즈 등 다양한 행사도 준비되어 있지요.

　다양한 음악을 접하다 보면 우리 조상들과 현재를 살고 있는 우리가 하나라는 느낌을 받아요.

　이렇게 소리로 가득 찬 '전주 세계 소리 축제'에 참여하면 우리의 음악과 한결 가까워 질 수 있답니다.

원주민 소리

우리 소들의 힘겨루기
청도 소싸움 축제

“아버지는 나보다 누렁이가 더 좋지요?”

봉구는 아침부터 아버지에게 투덜거렸어요. 아버지는 벌써 며칠째 구수한 콩을 삶아 소에게 잔뜩 먹이고 있었거든요.

“괜한 소리 하지 말고 가서 누렁이 먹일 풀이나 해 와!”

아버지는 봉구에게 핀잔을 주었어요. 봉구는 지게를 지고 터덜터덜 걸어갔어요.

“누가 진짜 아들인지 모르겠어!”

봉구는 아버지가 애지중지하는 누렁이가 샘났어요. 누렁이는 마을에서 제일 크고 힘도 좋아 아버지의 자랑이었어요. 누렁이는 짐

이 가득 실린 수레를 끌고도 한참을 가고 밭을 갈 때도 다른 소보다 훨씬 빨랐어요.

하지만 봉구가 처음부터 누렁이를 시샘했던 건 아니에요. 누렁이가 송아지 때는 봉구가 모든 걸 챙겨줄 정도로 좋아했어요. 잠꾸러기 봉구가 누렁이 아침을 주려고 새벽에 일어날 정도였어요. 낮에는 누렁이를 데리고 들로 산으로 놀러 다녔지요. 하지만 누렁이가 다 크자 밭을 갈고 수레를 끄느라 봉구보다 훨씬 바빴어요. 봉구는 아버지도, 누렁이도 모두 빼앗긴 것만 같았지요.

"아버지는 나한테 콩 한 알도 아끼면서 누렁이한테는 왜 한 말씩이나 먹이세요?"

봉구는 풀이 가득한 지게를 휙 내리며 투덜거렸어요.

"하하하, 그럼 네가 콩 잔뜩 먹고 힘내서 누렁이 대신 소싸움에 나가련?"

봉구는 깜짝 놀랐어요. 누렁이가 힘이 세고 덩치가 좋기는 하지만 소싸움에 나갈 정도로 대단한지는 몰랐거든요.

아버지는 봉구가 해 온 풀을 가져다가 죽을 쑤어서 누렁이에게 먹였어요. 누렁이는 우걱우걱 잘도 먹었지요. 봉구는 갑자기 누렁이가 대단하게 느껴졌어요.

드디어 소싸움 대회가 열리는 8월 보름날이에
요. 봉구와 아버지는 누렁이 뿔을 다듬고, 깨끗하
게 씻겼어요. 빨강, 파랑 고운 천으로 장식도 하고
목에는 커다란 방울을 달았어요.

소싸움이 열리는 장터에는 수많은 사람들로 북적거
렸어요. 봉구네 마을뿐만 아니라 다른 마을에서도 많이
와 있었지요.

"아버지, 저기에 누렁이보다 더 큰 소도 있어요!"
봉구는 걱정스럽게 아버지의 귀에 속삭였어요.
"걱정 마라! 우리 누렁이가 이길 거야. 덩치 보다 힘이지!"

소싸움을 진행하는 사람이 누렁이를 불렀어요. 그러자 아버지는 누렁이를 데리고 모래판으로 나갔지요.

"누렁이와 태산이의 대결이 있겠습니다."

진행자의 말에 반대편에서 건넛마을 삼룡이네 아버지가 소를 끌고 나왔어요. 그 옆에는 삼룡이가 건들거리며 서 있었어요.

봉구는 깜짝 놀랐어요. 태산이는 누렁이보다 덩치가 훨씬 컸어요. 봉구는 기세에 눌려 기운이 쭉 빠져 버렸어요.

"훠이! 훠이!"

봉구네 아버지와 삼룡이네 아버지는 소를 모래판 가운데로 데리고 와서 싸움을 붙였어요. 태산이가 누렁이를 향해 달려왔어요. 그러더니 머리로 누렁이를 '휙' 받았지요.

"누렁아!"

봉구는 눈물이 그렁거렸어요. 누렁이의 머리에서는 피가 났어요. 봉구는 소싸움이고 뭐고 누렁이를 데리고 집으로 돌아가고 싶었어요. 동생같이 키운 누렁이가 다치는 것을 보기가 힘들었어요.

하지만 그 순간 누렁이가 콧바람을 '훅훅' 불더니 태산이를 향해 달렸어요. 그리고 온몸에 힘을 실어 들이받았어요. 그 충격으로 태산이는 비틀거리더니 슬금슬금 눈치를 보며 누렁이를 피해 달아났어요. 누렁이가 태산이를 이긴 거예요.

"와, 누렁이가 이겼다!"

봉구는 달려 나가 누렁이를 힘껏 안았어요.

“음머!”

누렁이도 기쁜지 커다란 소리로 울었어요.

“뭘 먹여 키웠길래 저리도 튼튼할까?”

“정말 대단한 소야!”

“오늘 우승하겠네!”

사람들은 누렁이 주위에 모여 칭찬을 한마디씩 했어요. 봉구와 아버지는 싱글벙글 웃으며 누렁이를 쓰다듬어 주었지요. 봉구는 소매 천을 찢어서 누렁이 이마에서 나는 피를 닦아 주었어요. 소싸움을 할 때는 뿔을 무르게 다듬기 때문에 많이 다치지는 않아요. 누렁이의 상처가 얕아서 피는 금세 멎었어요.

누렁이는 다른 소들과의 대결에서도 쉽게 이겼어요. 열심히 밭 갈고 수레를 끌더니 체력이 단단해 졌거든요. 윗마을, 아랫마을 소들을 모두 이기고 누렁이가 최종 우승을 하게 되었어요.

“와! 이겼다! 우리 누렁이 만세!”

봉구와 아버지는 서로 얼싸안고 기뻐했어요.

누렁이는 콧김을 ‘훅훅’ 거리며 모래판 가운데 듬직하게 서 있었
지요.

"얼씨구, 좋다!"

사람들은 장구, 꽹과리, 징, 북을 울리며 모래판으로 모여들어
흥겹게 춤을 췄어요. 봉구와 아버지는 누렁이 등에 올라탔지요.
누렁이도 기분이 좋은지 발걸음이 가벼웠어요.

소싸움은 우리 민족이 농사를 짓기 시작하면서부터 했답니다.
듬직하고 힘이 센 소는 힘든 농사일을 도왔기 때문에 무척 소중한
존재였지요. 소싸움은 농사에 지친 사람들에게 활기를 되찾아 주

었어요. 경상북도 청도에서는 예전부터 소싸움을 즐겨서 매년 3월에 '청도 소싸움 축제'를 열어요.

축제 때는 덩치에 따라 세 개의 체급으로 나누어 우승 소를 가려요. 경기가 시작되면 사람들은 손에 땀을 쥐고 관람을 해요. 경기는 한쪽 소가 고개를 돌려 도망을 가면 끝나요. 싸움 전에 날카로운 뿔을 다듬기 때문에 큰 상처는 생기지 않아요. 소들은 경기 동안에 밀치기, 머리치기, 옆치기, 뿔걸이, 뿔치기, 들치기, 연타 등 다양한 기술을 선보이지요.

전국에서 모여든 수많은 소들의 경기가 끝나면 먹거리 장터와 농촌 마을 체험 등 흥겨운 잔치가 이어진답니다.

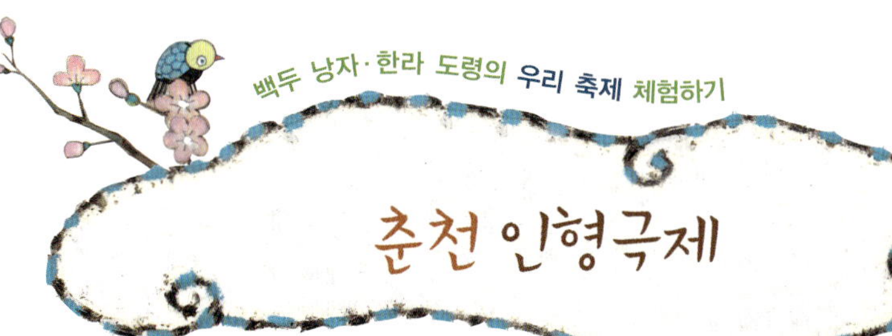

춘천 인형극제

  매년 8월 춘천에서 열리는 '춘천 인형극제'에 가면 다양한 인형들을 모두 만날 수 있어요.

  70개가 넘는 인형 극단들이 선보이는 인형극에는 우리 마음을 따뜻하게 하는 흥미로운 이야기가 담겨 있어요. 축제의 시작을 알리는 인형들의 퍼레이드가 흥을 돋우면 춘천은 수많은 사람들로 북적거려요.

  인형극을 보기 위해 전국에서 몰려든 사람들은 200회가 넘는 공연 중에서 어떤 공연을 봐야 할지 행복한 고민에 빠진답니다.

인형 만들기

춘천 인형극제에서는 무대에서 본 인형들을 직접 만들어 볼 수도 있어요.

알록달록 양말 인형 만들기, 재활용 인형 만들기, 나뭇가지 인형 만들기, 점토 인형 만들기 등을 직접 체험할 수 있지요.

각자의 개성 있는 인형 만들기가 끝났다면 이번에는 인형극을 해봐야 겠지요?

'번개 인형극' 행사를 통해서 인형극이 만들어지는 과정을 체험할 수도 있어요. 간단한 대본을 만들고, 인형을 만들고, 인형을 조종하는 인형 연기까지 끝나면 직접 공연을 할 수도 있어요. 실수도 많고 어색하기도 하지만 직접 만든 인형극은 영원히 기억될 좋은 추억이에요.

축제에서는 체험 코너뿐만 아니라 전문가들의 인형을 감상할 수 있는 전시장도 준비되어 있어요. 마치 살아 움직일 것 같은 인형을 보다 보면 마음 속에 풍부한 상상력이 자라는 것 같아요.

춘천 인형극제는 어린이는 물론 어른까지도 상상의 나래를 활짝 펼칠 수 있게 해주는 축제예요.

'인형극 경연 대회'와 '인형극 대본 공모'를 통해서 훌륭한 인형극을 만드는 사람에게는 상도 주고 있답니다.

아름다운
벗꽃 잔치
진해 군항제

병든 어머니를 모시는 효성이 지극한 총각이 있었어요. 아침상을 차려 방으로 들어간 총각은 땀범벅이 된 어머니를 보고 깜짝 놀랐어요.

"애야, 이제 나도 살날이 얼마 남지 않은 모양이구나!"

"어머니, 기운 내세요!"

총각은 어쩔 줄 몰라 눈물을 주르륵 흘렸어요. 총각은 몇 날 며칠 잠도 자지 않고 병간호를 했어요. 하지만 어머니의 병은 점점 더 깊어 갔지요.

그러던 어느 날, 대문 밖에서 스님의 목소리가 들려왔어요. 스님

은 목탁을 '탁탁탁탁' 두드리며 염불을 외었지요. 총각은 부엌으
로 달려가서 쌀 한 줌을 가져와 시주했어요.

"나무를 해서 먹고사는 형편이라 시주가 보잘 것 없어요."

총각이 부끄럽게 말하자 스님이 정중히 고개를 숙였어요.

"어머니에 대한 정성이 대단하신 분이군요. 산 정상에 가면 아름다운 뿔을 가진 사슴이 있을 겁니다. 그 사슴의 뿔을 잘라다가 어머니에게 달여 드리세요. 그러면 병이 나아지실 겁니다."

스님의 말에 총각은 귀가 번쩍 뜨였어요. 연거푸 감사 인사를 하는 총각을 뒤로 한 채 스님은 홀연히 사라졌어요.

총각은 한달음에 산꼭대기로 올라갔어요. 총각이 도착하자마자 풀을 뜯고 있는 사슴이 있었어요. 총각은 슬금슬금 사슴의 곁으로 다가갔지요.

"바스락!"

총각이 나뭇가지를 밟는 바람에 사슴이 도망가기 시작했어요. 총각은 있는 힘을 다해 사슴을 쫓아갔지요. 정신없이 도망을 가던 사슴은 뿔이 나뭇가지에 걸리고 말았어요.

"미안하다. 하지만 뿔은 다시 자랄 테니까 걱정 말아라!"

총각은 사슴뿔을 자른 다음 사슴을 놓아주었어요.

"이런, 내 신발!"

총각은 집에 도착해서야 자기가 신고 있던 신발이 없어진 것을 알았어요. 산을 탈 때만 신던 하나밖에 없는 가죽신이었는데 말이에요.

“지금 신발이 급한 게 아니지!”

총각은 어머니에게 사슴뿔을 달여 드렸어요. 그 물을 마신 어머니는 금세 얼굴색이 좋아졌어요. 총각은 어머니 건강이 좋아진 것을 확인하고 신발을 찾으러 산꼭대기로 갔어요.

“여기 있어요!”

주변을 두리번거리는 총각에게 아름다운 아가씨가 신발을 내밀었어요.

“저는 아버지 대신 사슴을 지키고 있었는데 당신이 제 사슴의 뿔을 베어 갔어요.”

슬퍼하는 아가씨에게 총각은 자신의 사연을 이야기했어요.

“그러셨군요. 좋은 일에 쓰셨으니 용서해 드릴게요. 정말 효자시네요.”

총각은 아가씨의 착한 마음씨에 반해버렸어요. 아가씨도 총각의 효심에 감동을 했지요. 둘은 숲에서 행복한 시간을 보냈어요.

“내일 또 올게요!”

다음 날 아침, 총각은 어머니에게 상을 차려드리자마자 산으로 달려갔어요.

"분명히 여기였는데……."

아가씨가 있던 자리에는 벚나무 한 그루만 있었어요.

그때, 벚나무에서 아가씨의 슬픈 목소리가 들렸어요.

"저는 산신령의 딸이에요. 사람을 사랑하면 안 되는데 당신을 사랑하게 되어서 아버지께 벌을 받고 말았어요."

아름다운 벚나무는 바로 아가씨가 변한 것이었어요.

"미안해요! 나 때문에 당신이 이렇게 되었군요."

총각은 벚나무를 안고 한참을 울었어요. 그러자 벚꽃이 바람에 날려 하얀 눈처럼 떨어졌어요. 효성이 지극한 총각과 착한 아가씨의 사랑은 슬프게 끝이 났답니다.

벚꽃 중에서도 가장 아름다운 왕벚꽃은 우리나라가 원산지예

요. 하지만 예전에는 벚꽃이 일본에서 전해진 거라는 오해를 받았어요.

왕벚꽃의 원산지인 제주와 벚꽃이 만발하는 여의도, 마이산, 화개 장터, 군산, 경포대에서는 해마다 벚꽃 축제가 열려요. 특히 온 도시가 벚꽃으로 뒤덮인 진해는 놀라운 장관을 만들곤 하지요.

'진해의 군항제'는 꽃 축제와 군항제가 어우러진 독특한 축제예요. 진해는 이순신 장군의 넋이 서려 있는데다가 한국 해군의 역사를 만들어 낸 도시지요. 그래서 이순신 장군을 기리기 위한 행사로 시작된 군항제는 벚꽃과 어우러져 더 커다란 행사로 발전했어요. 벚꽃 여왕 선발 대회, 벚꽃 어린이 선발 대회, 거리 미술전 등 벚꽃에 관한 행사들도 가득해요. 또, 축제 기간에만 개방되는 해군 사관 학교와 해군 진해 기지 사령부, 해군 함정을 둘러보는 것도 빼먹지 말아야 할 코스지요.

꽃잎이 바람에 흩날리는 진해는 벚꽃이 핀 곳이라면 모두가 축제의 장이랍니다.

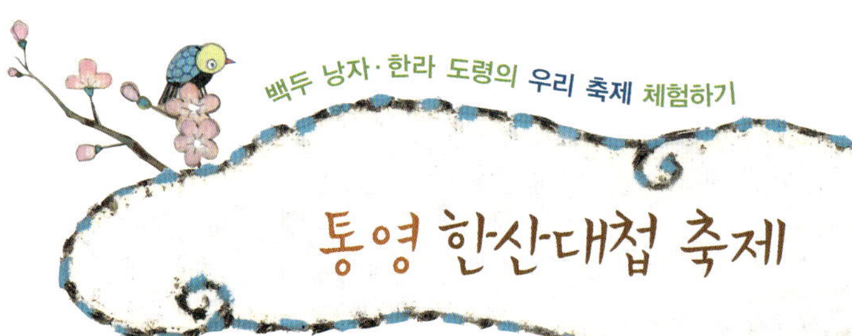

통영 한산대첩 축제

우리나라를 왜군으로부터 지켜낸 이순신 장군을 기리는 행사가 매우 많아요. 그중에서도 '통영 한산대첩 축제'가 가장 유명하지요.

세계 4대 해전 중에서도 으뜸으로 꼽히는 한산대첩은 이순신 장군이 승리로 이끈 유명한 전투예요.

한산대첩의 승리를 기념하는 8월 14일이 되면 축제를 보기 위해 많은 사람들이 통영에 모여요. 한산대첩이 있었던 한산도가 바로 통영에 있거든요.

"펑! 펑! 펑"

대포 소리가 울리는 것으로 시작되는 축제는 임진왜란 당시의 군복을 입

은 사람들의 행렬로 이어져요. 한산대첩의 상황을 재현하는 행사가 많아 마치 조선 시대로 여행을 간 듯한 생각이 들어요.

특히 축제의 꽃이라고 할 수 있는 것은 '군점'이에요.

군점은 당시 바다를 지키던 수군들과 바다 전투에 사용하던 커다란 배, 수군을 지휘하던 장군들의 행렬을 말해요.

예나 지금이나 나라를 지키는 군사들의 행렬을 보면 가슴이 벅찰 만큼 든든하고 자랑스럽지요. 그 밖에도 이순신 장군이 통신용으로 사용했던 연 만들기, 전쟁에 사용되었던 판옥선 노 젓기, 수군 활쏘기 등을 체험할 수 있어요.

다양한 민속놀이도 경험할 수 있지요.

그중에서도 통영의 대표적인 민속 무용인 '통영 오광대놀이'와 '승전무'가 유명하지요. 한산대첩 축제가 열리는 통영은 공연을 하는 사람들과 관객이 하나가 되는 열정적안 축제랍니다..

승전무

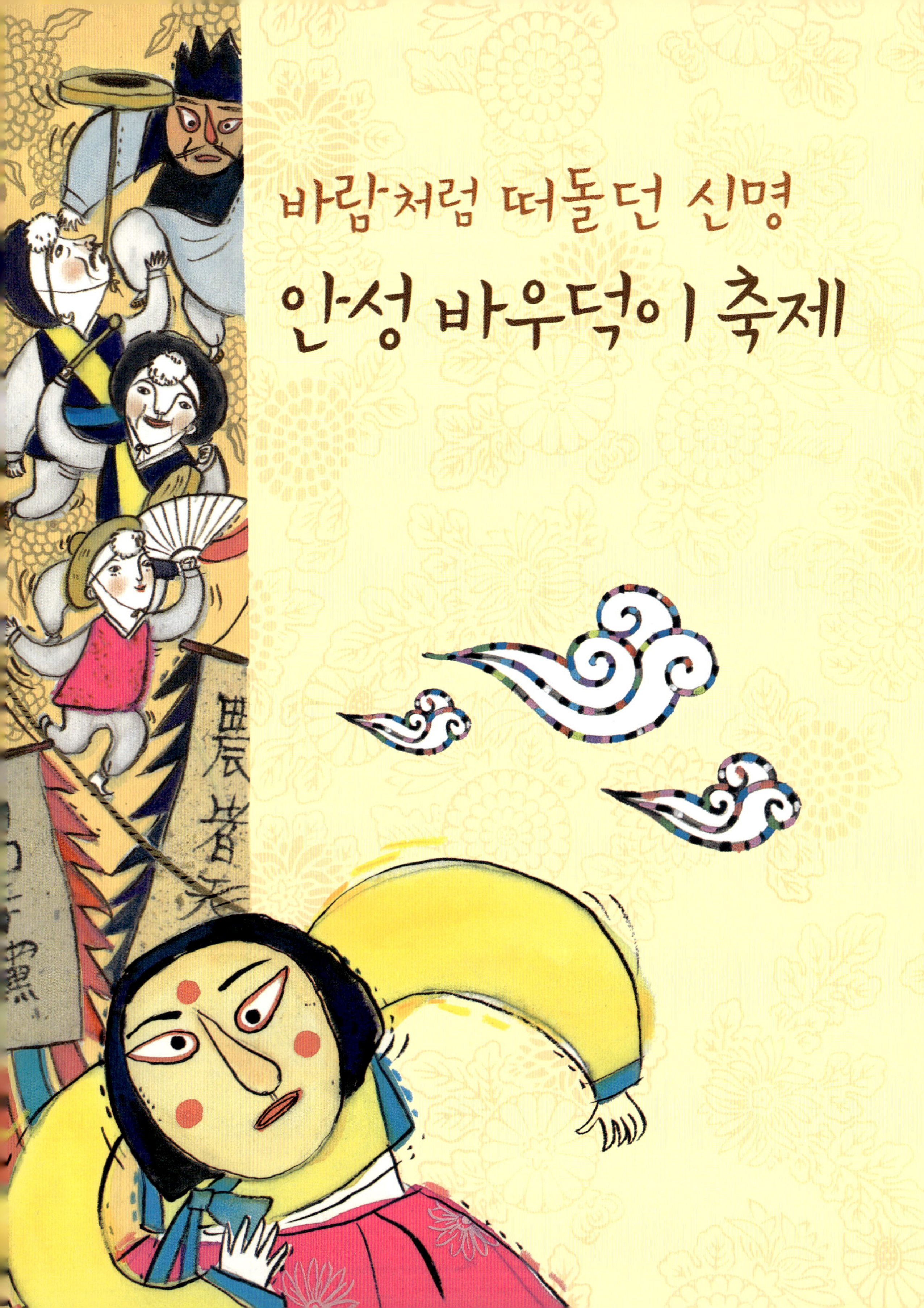
바람처럼 떠돌던 신명
안성 바우덕이 축제

"바우덕이가 왔어요!"

조용했던 마을이 떠들썩해졌어요. 사람들은 헐레벌떡 뛰어나와 마을 공터로 모여들었지요. 공터에는 남사당패의 공연이 한창이었어요.

"덩덕쿵 덩덕!"

꽹과리, 징, 장구, 북의 흥겨운 풍물놀이에 모두들 어깨가 들썩거렸어요. 어른의 어깨 위에 아이들 둘이 탑처럼 올라타는 묘기를 보이기도 하고, 긴 줄이 달린 상모를 쉴 새 없이 돌리기도 했어요.

"와!"

    새로운 것을 선보일 때마다 사람들의 박수가 쏟아졌지요. 풍물 놀이가 끝나자 대접, 접시 할 것 없이 막대 위에 올려놓고 돌리는 '버나' 가 이어졌어요.

    버나 놀이가 끝나자 맨몸으로 공중회전을 하고 한 손으로 땅을 짚고 앞뒤로 회전하는 '살판' 이 벌어졌어요.

    "바우덕이! 바우덕이!"

    살판이 끝나자, 사람들은 바우덕이의 이름을 외쳤어요. 지금까지의 공연도 신기하고 재미있었지만 바우덕이의 줄타기만은 못했거든요. 오늘은 바우덕이가 어떤 기예를 펼칠지 사람들의 가슴이 두근거렸어요.

農者天下之大本

‘바우덕이’는 김암덕을 부르는 말이에요. ‘바위 암’자를 그대로 풀어서 ‘바위 덕’이라고 부르다가 ‘바우덕이’가 된 거예요. 바우덕이는 남자들로만 이루어진 남사당패에서 유일한 여자예요. 하지만 그 인기만은 최고였어요. 사람들이 ‘남사당패가 온다’는 말을 대신해서 ‘바우덕이가 온다’고 할 정도였으니까요.

높은 하늘에 밧줄이 하나 매어져 있었어요. 그 위로 아름다운 바우덕이의 모습이 나타났어요. 바우덕이는 아슬아슬 줄타기를 시작했어요. 줄 위에서 화장을 하는 척도 하고, 높이 뛰어올랐다가 다시 줄 위에 한 발로 서기도 했어요.

“와!”

“역시 바우덕이가 최고야!”

바우덕이가 움직일 때마다 사람들은 환호성을 질렀어요.

바우덕이의 줄타기가 끝나자 박수가 끊임없이 이어졌어요. 바우덕이의 모습이 사라질 때까지 사람들은 바우덕이에게서 눈을 떼지 못했어요. 바우덕이의 공연이 끝나고 가면을 쓰고 하는 탈놀이와 인형을 움직이는 꼭두각시놀이가 이어졌어요.

어린 나이에 부모님을 잃은 바우덕이는 5살 때 안성 남사당패에 들어갔어요. 남사당패는 떠돌아다니며 공연을 하고 돈과 먹을 것을 받는 공연단이에요. 남사당은 보통 남자들로만 이루어져 있어요. 하지만 바우덕이는 남자들 틈에서도 풍물과 다양한 기예에 뛰어난 재능을 보였어요. 그래서 열다섯 살의 나이로 남사당의 우두머리인 꼭두쇠가 되었어요.

꼭두쇠가 된 바우덕이는 책임감을 느꼈어요. 남사당패들은 공연을 하고 돈을 벌어도 밥 먹고 살기가 힘들 정도였어요. 게다가 마을에서 공연도 못하고 쫓겨나기라도 하면 한동안 굶어야 했어요. 특히 음식이 부족한 겨울에는 자리를 잡고 공연을 한다고 해도 헛수고였지요. 먹고살기 바쁜 마당에 공연을 보고 돈을 줄 사람은 없으니까요. 그래서 겨울이면 청룡사라는 절에 가서 기예를 갈고 닦았지요.

바우덕이는 수 십 명의 남사당패를 먹여 살리기 위해 부단히 노력했어요. 더 좋은 공연을 위해 연구하고 사람들을 위해 먹을 것을 구하러 다녔지요.

그러던 어느 날이었어요.

"궁에서 전갈이 왔어요."

남사당 패거리 중에 한 사람이 편지를 들고 바우덕이에게 달려왔어요. 바우덕이는 편지를 펼쳐 보더니 말했어요.

“우리 모두 경복궁으로 가야겠어요! 궁에 가면 배는 굶지 않을 테니 다행이에요.”

“아니, 우리 같이 천한 광대가 어떻게 궁궐에 들어가나?”

사람들은 고개를 갸웃거리며 이상하게 생각했지만 꼭두쇠의 말을 따르기도 했어요. 바우덕이를 부른 흥선대원군은 경복궁을 보수해서 새로 짓는 중이었어요. 하지만 힘든 공사가 오랫동안 계속되자 일꾼들은 지칠 대로 지쳤어요. 공사 기간이 오래 걸리자 흥선대원군은 일꾼들의 흥을 돋우기 위해 전국의 유명한 소리꾼들을 불러 모았어요. 그래서 바우덕이로 유명한 안성 청룡사 남사당패도 경복궁으로 가게 되었지요.

패거리들과 함께 짐을 싸서 경복궁으로 온 바우덕이는 공사 현장을 돌아다니며 열심히 공연을 하며 사람들의 흥을 돋우었어요.

“바우덕이가 오고 나서부터 공사 속도가 무척 빨라졌습니다. 그래서 생각했던 것 보다 한 달은 빨리 끝날 듯하옵니다!”

흥선대원군은 바우덕이가 마음에 들었어요.

“잘 됐구나! 경복궁 공사에 힘을 쓴 바우덕이에게 옥관자를 내리겠다!”

대원군은 바우덕이에게 옥관자를 내리도록 명령했어요. 옥관자

는 망건의 좌우에 다는 옥으로 된 장식품을 말해요. 정 3품 당상
관 같이 아주 높은 관리에게만 상으로 내리던 것을 남사당패의 꼭
두쇠에게 주겠다는 것이었어요.

　신하는 어리둥절했어요. 바우덕이는 사람들이 천하게 생각했던
광대인데다가 여자였으니까요. 신하는 동
그란 눈을 껌뻑껌뻑했어요. 바우덕이의 기
예가 수많은 사람들을 움직여서 공사에 큰 공
을 세웠다는 것을 부인할 수는 없었어요.

　그 뒤로 바우덕이가 속한 청룡사 남
사당패는 깃발 끝에 옥관자를 달고
다녔어요. 바우덕이가 받은 옥관
자는 천한 대접을 받으며 기예를
펼치던 모든 놀이패들의 자랑이
었어요. 길에서 옥관자가 달
린 바우덕이 남사당패의
깃발을 보면 다른 패거리
들은 자기네 깃발을 숙
여 예의를 갖추었

얼쑤, 좋구나!
農
男

지요. 바우덕이로 인해 광대들은 전보다 나은 대접을 받으며 많은 인기를 누릴 수 있었거든요.

그러던 어느 날, 바우덕이는 스물세 살의 나이로 죽음을 맞이하고 말았어요. 잘 먹지도 못하고 이곳저곳으로 떠돌아다니던 서글픈 남사당패의 생활 속에서 폐병을 얻었거든요. 사람들의 마음속에는 하늘에 매어 놓은 밧줄 위에서 새처럼 통통 튀어오르던 바우덕이의 모습이 진하게 남았어요. 바우덕이는 바람처럼 떠돌며 사람들에게 기쁨

을 주는 것을 낙으로 살았어요. 하지만 이제는 안성의 자랑, '바우덕이 축제'가 되어 우리를 즐겁게 하고 있답니다.

바우덕이 축제는 하늘이 드높은 10월에 남사당패의 터전이었던 안성에서 열려요. 바우덕이를 기리는 사당에서 바우덕이 추모제로 축제가 시작되지요.

넓은 공연장에서는 이야기가 있는 마당놀이와 남사당패의 흥겨운 여섯 마당이 열려요. 남사당의 여섯 마당은 흥겨운 '풍물놀이', 물건을 막대 위에 올려놓고 돌리는 '버나 놀이', 땅에서 재주를 넘는 '살판', 아슬아슬 줄을 타는 '어름', 탈을 쓰고 노는 '덧뵈기', 꼭두각시 인형을 움직이는

'덜미' 예요.

바우덕이 축제에 가면 남사당 여섯 마당을 직접 체험할 수도 있어요.

이 밖에도 전시 홍보관을 통해서 우리나라 남사당의 역사는 한눈에 볼 수 있지요. 또한 남사당 역사의 꽃, 바우덕이의 일생을 닥종이 인형으로 만나 볼 수도 있고요. 또, 풍물 경연 대회와 전통 무용 공연 등 바우덕이 축제 현장에서는 다채로운 행사가 펼쳐진답니다.

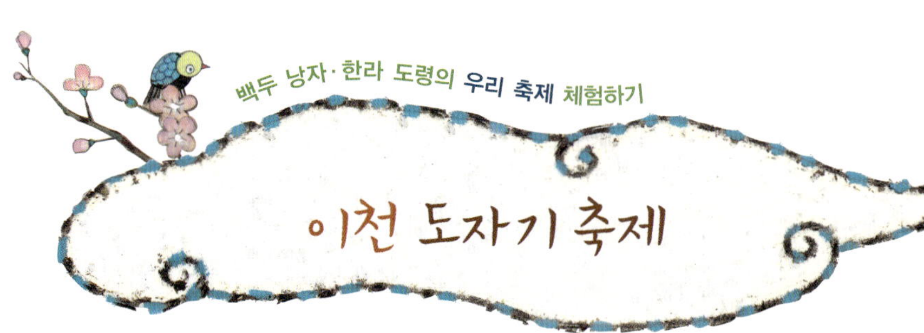

이천 도자기 축제

세계 도자기의 중심, 이천에서는 해마다 '이천 도자기 축제'가 열려요.

도자기 축제는 원래 가을에 열렸어요. 하지만 2005년 '세계 도자 비엔날레'를 계기로 아름다운 꽃이 피는 봄으로 옮겼지요.

도자기 축제에 가면 명장들의 훌륭한 작품과 학생들의 신선한 작품을 함께 관람할 수 있답니다. 또, 옛날 방식 그대로 도자기가 만들어지는 전 과정을 지켜볼 수도 있지요. 찰흙 만들기, 모양 내기, 무늬 만들기, 초벌구이, 그림 그리기, 유약 입히기, 재벌구이 등 도자기를 만드는 힘들고 긴 과정을 지켜보면서 도예가의 정신을 느낄 수 있어요.

이천 도자기 축제는 체험할 수 있는 프로그램도 많이 있어요.

토야 놀이방에서는 마음껏 흙을 밟고, 만지며 동물 모양을 만들거나 실용적인 도자기를 만들 수 있어요.

축제가 열리는 도자 센터 앞에는 곰방대처럼 길게 이어진 가마 모양의 건물이 있어요. 이것을 '곰방대 가마'라고 하는데 그 안에서는 도자기에 대한 재미있는 정보를 알 수 있어요.

여러 가지 행사장 중에서 가장 재미있는 곳은 토야랜드예요. 어린이들을 위한 공간인 토야랜드에는 다양한 모양의 동물과 식물의 커다란 작품들이 있어요. 토야랜드의 작품들은 청자, 백자, 피에로, 하트 등 다양한 모양의 도자기에 여러 타일을 붙여 꾸민 것이 특징이에요.

이천 도자기 축제를 둘러보면 우리 도자기의 과거와 현재, 미래를 볼 수 있어요. 그리고 우리 생활 곳곳에 얼마나 많은 도자기들이 사용되는지 새삼 느끼게 될 거예요.

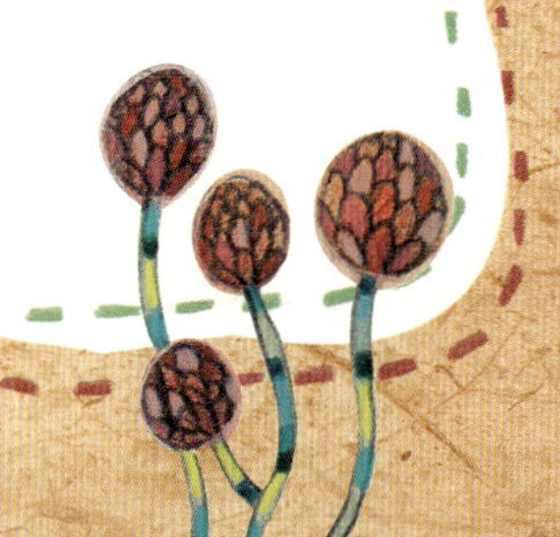

교과가 튼튼해지는

우리 것 우리 얘기

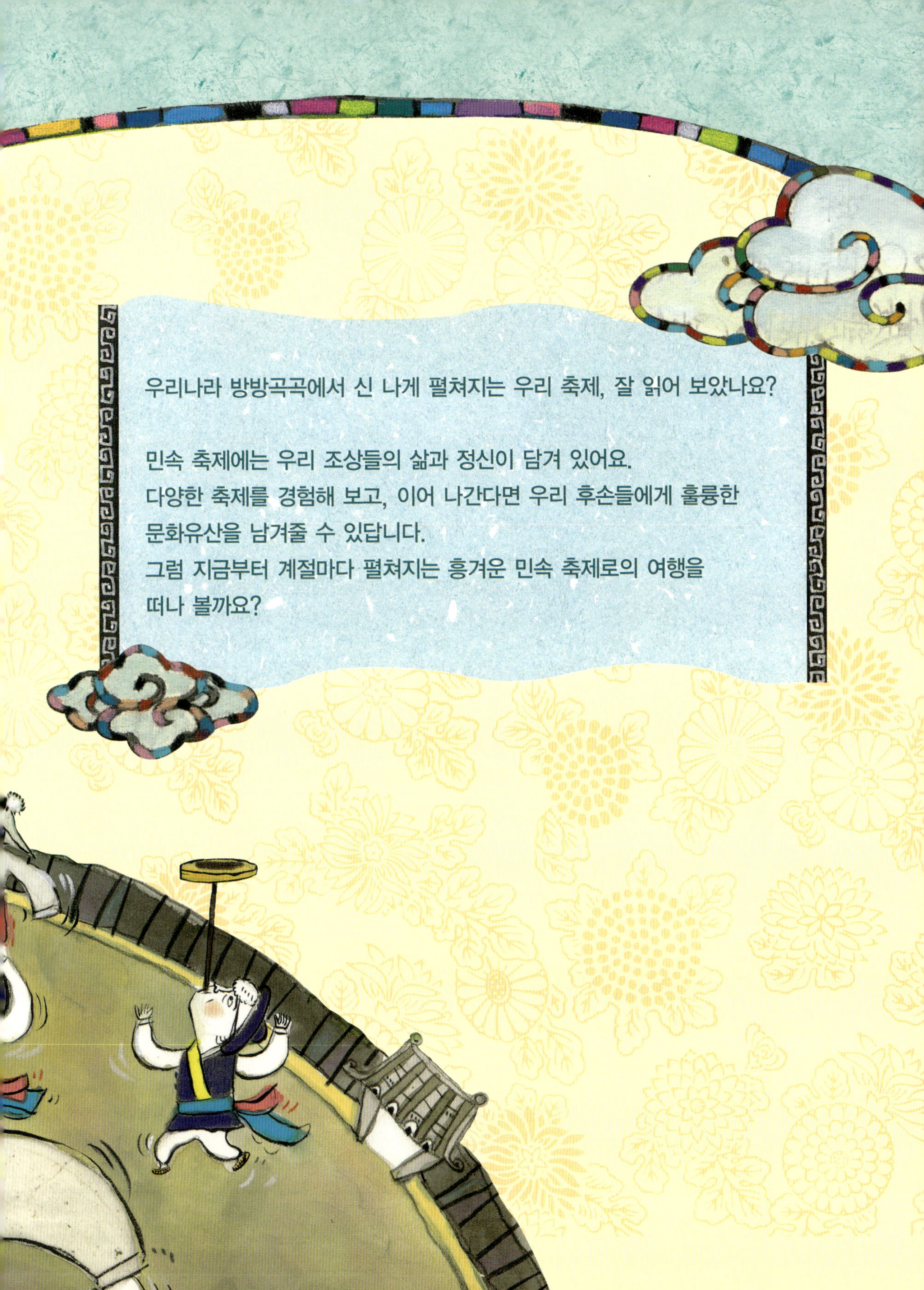

우리나라 방방곡곡에서 신 나게 펼쳐지는 우리 축제, 잘 읽어 보았나요?

민속 축제에는 우리 조상들의 삶과 정신이 담겨 있어요.
다양한 축제를 경험해 보고, 이어 나간다면 우리 후손들에게 훌륭한
문화유산을 남겨줄 수 있답니다.
그럼 지금부터 계절마다 펼쳐지는 흥겨운 민속 축제로의 여행을
떠나 볼까요?

광양 국제 매화 문화 축제 가장 이른 시기에 봄 소식을 전해주는 매화꽃을 소재로 해요. 매년 3월 중순에 광양시 섬진 마을에서 열리는 전국에서 가장 빠른 꽃 축제랍니다. 매화 일생 사진전, 시화전, 매화 사진 촬영 대회, 가요제 등을 진행해요.

함평 나비 대축제 나비와 자연을 소재로 펼치는 생태 학습 축제예요. 전라남도 함평에서 매년 5월에 열리는데 수만 마리의 나비와 24만 평의 숲이 어우러진 축제랍니다. 길놀이, 음악회, 나비 생태관, 표본 전시회 등을 진행해요.

담양 대나무 축제 대 심는 날의 의미를 되살리고 대나무를 통한 지역의 단결과 화합을 위한 축제예요.
전라남도 담양에서 매년 5월에 열려요. 마라톤 대회, 그림 전시회, 대나무 제품 경진 대회 등을 진행해요.

여름

보령 머드 축제 보령에서 생산되는 머드(진흙)를 주제로 하는 관광객 체험 축제예요. 매년 7월 중순 경에 시작되어 4일간 보령시 대천 해수욕장에서 해요. 민속 굿, 머드 분장 대회, 해상 스포츠 체험, 머드 마사지 체험 등을 진행해요.

고창 복분자 축제 우리나라 복분자의 최대 생산지인 고창에서 매년 6월에 주최하는 축제예요. 복분자와 고창의 특산물을 함께 알리는 목적이 있어요. 복분자 장신구 만들기, 손수건 물들이기, 복분자 음식 체험 등을 진행해요.

강진 청자 축제 고려청자의 우수성을 세계에 알리기 위해 열리는 축제예요. 강진군 고려청자 도요지에서 매년 8월에 열린답니다. 고려 왕실 행진, 가요제, 청자 박물관, 청자 전시회 등을 진행해요.

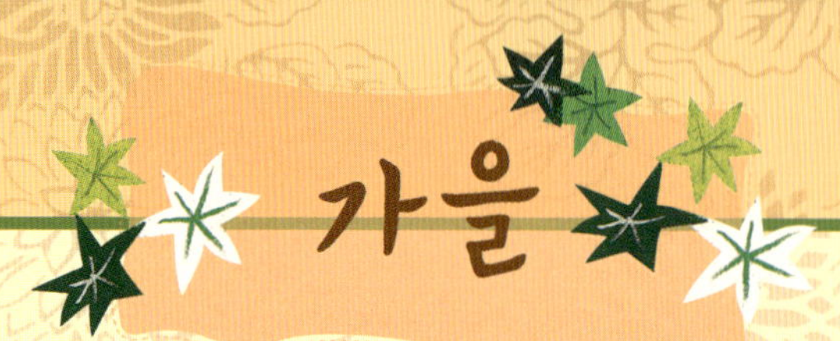

명성산 억새꽃 축제 수려한 자연 경관을 갖춘 산정호수와 명성산의 자연을 이용한 축제예요. 경기도 포천에서 매년 10월에 열린답니다.
억새밭 작은 음악회, 억새 공예품 전시회, 등산 대회 등을 진행해요.

풍기 인삼 축제 세계적인 명성의 풍기 인삼을 알리고자 열리는 축제예요. 영주시 풍기읍에서 해마다 10월 초에 열린답니다. 인삼 씨앗 뿌리기, 인삼 미인 선발 대회, 노래자랑, 인삼 요리 전시회 등을 진행해요.

양양 송이 축제 강원도 양양에서 해마다 9월에 열리는 축제예요. 설악산 송이 산지에서 자연산 송이의 생태를 직접 관찰하고 채취할 수 있는 체험형 축제랍니다.
송이 채취, 생태 견학, 보물 찾기, 송이길 건강 달리기 등을 진행해요.

겨울

화천 산천어 축제 북한강 상류에 서식하는 산천어를 알리고, 다양한 체험을 할 수 있는 축제예요. 강원도 화천에서 해마다 1월에 열린답니다. 눈썰매 타기, 얼음 낚시, 창작 썰매 경연 대회, 눈사람 만들기 대회 등을 진행해요.

대관령 눈꽃 축제 독특한 겨울 생활을 체험하는 생활 문화 축제예요. 강원도 평창에서 해마다 1월에 열린답니다.
대형 눈 조각 전시, 전통 사냥 놀이, 알몸 마라톤 대회, 눈꽃 열차 타기 등을 진행해요.

태백산 눈 축제 하얀 눈으로 뒤덮이는 태백산의 경치를 배경으로 펼쳐지는 축제예요. 해마다 1월 강원도 태백시와 태백산에서 9일에 걸쳐 다채로운 행사를 해요.
눈싸움 대회, 눈 조각품 전시, 오궁썰매타기, 가장 행렬 등을 진행해요.

오십 빛깔 우리 것 우리 얘기 42

신명나는 우리 축제

초판 1쇄 인쇄 | 2011년 11월 16일
초판 3쇄 발행 | 2017년 11월 1일

글쓴이 | 우리누리
그린이 | 김미정

발행인 | 이상언
제작총괄 | 이정아

디자인 | 나비

발행처 | 중앙일보플러스(주)
주소 | (04517) 서울시 중구 통일로 92 에이스타워 4층
등록 | 2008년 1월 25일 제2014-000178호
판매 | 1588-0950
홈페이지 | www.joongangbooks.co.kr
페이스북 | www.facebook.com/hellojbooks

ⓒ 우리누리 2011

ISBN 978-89-278-0136-8 14800
       978-89-278-0092-7 14800(세트)

주니어중앙은 중앙일보플러스(주)의 어린이 책 브랜드입니다.